suhrkamp taschenbuch 3975

Radikal, rebellisch, eigensinnig – Hermann Hesse war zeitlebens ein unbestechlicher Geist, der überlebte Konventionen und anmaßende Autoritäten keineswegs hinnahm, sondern sie anhand eigener Erfahrungen auf ihre aktuelle Tauglichkeit hin überprüfte. In seinen Werken, die seit 1970 eine weltweite Renaissance erfahren und ihn zum meistgelesenen deutschsprachigen Autor des 20. Jahrhunderts gemacht haben, gibt es kaum eine lebenswichtige Frage, die man nicht auf zukunftsorientierte Weise thematisiert findet. 1971 hat Volker Michels, der Herausgeber der Werke Hesses, damit begonnen, u. d. T. »Lektüre für Minuten« die wichtigsten Aussagen des Dichters ausfindig zu machen. Nun, nach Abschluß der ersten Gesamtausgabe in 20 Bänden und Erschließung der ersten Hälfte von Hesses mehr als 35 000 Antworten auf Leserzuschriften, ist es möglich geworden, vollständiger als je zuvor Hesses konstruktives Weltbild in annähernd 1500 Kernaussagen zusammenzufassen. Die sechs Themenbände überliefern die gedankliche Substanz seines bisher erschlossenen Werkes und belegen einmal mehr die zeitlose Aktualität dieses Dichters.

»Was hier an Erfahrungen, Beobachtungen, Reflexionen und Appellen gesammelt und auf die knappsten Formulierungen gebracht ist, würde reichen, um Hermann Hesse unvergeßlich zu machen.«

Gerhard Mahr, Radio Bremen

Hermann Hesse
Der innere Kompaß

Gedanken aus seinen
Werken und Briefen

Vertrauen in die Ordnung der Welt,
Der Einzelne und die Gemeinschaft,
Wirklichkeit und Imagination,
Lesen und Bücher

Zusammengestellt von
Volker Michels

Suhrkamp

2. Auflage 2016

Erste Auflage 2008
suhrkamp taschenbuch 3975

Printed in Germany
Umschlag: hißmann, heilmann, hamburg
ISBN 978-3-518-45975-1

Vertrauen in die Ordnung der Welt

Es ist nicht eine blinde Macht von außen, deren Spielball wir sind, sondern es ist die Summe der Gaben, Schwächen und anderen Erbschaften, die ein Mensch mitgebracht hat. Ziel eines sinnvollen Lebens ist, den Ruf dieser inneren Stimme zu hören und ihm möglichst zu folgen. Der Weg wäre also: sich selbst erkennen, aber nicht über sich richten und sich ändern wollen, sondern das Leben möglichst der Gestalt anzunähern, die als Ahnung in uns vorgezeichnet ist.

Aus einem Brief vom 29. 9. 1931 an einen unbekannten Leser

*

Es hat jeder Mensch, sofern er überhaupt eine Person ist und ein Gesicht hat, auch seine Art von Schicksal, ihm zubestimmt und zugeboren, und oft sieht es aus, als wähle er dies Schicksal sich selbst und absichtlich, so sicher tut und erlebt er das ihm Zubestimmte.

Aus einem Brief vom 11. 10. 1940 an Olga Diener

*

Man hat die Schicksale, die man hervorruft und die zu einem passen.

Aus einem Brief vom März 1935 an Fanny Schiler

*

Keiner von uns kann mehr geben, als er hat, aber auch der Bescheidene, ja Arme ist eben genau insoweit wertvoll und edler Wirkung fähig, als sein innerstes Fühlen mit dem Lebenswillen der Natur einig ist. Alles davon Abweichende führt höchstens zu interessanten Mißgewächsen.

Aus einem Brief vom 15.11.1914 an Gustav Gamper

*

Wir sind ein Wurf der Natur, ein Wurf ins Ungewisse, vielleicht zu Neuem, vielleicht zu Nichts, und diesen Wurf aus der Urtiefe auswirken zu lassen, seinen Willen in uns zu fühlen und ihn ganz zu unserem zu machen, das allein ist unser Beruf. *Aus »Demian«, 1917*

*

Jeder von uns ist nur ein Mensch, ein Versuch, ein Unterwegs. Er soll aber dorthin unterwegs sein, wo das Vollkommene ist, er soll ins Zentrum streben, nicht an die Peripherie. *Aus »Das Glasperlenspiel«, 1931-1942*

*

Unsere Aufgabe als Menschen ist: innerhalb unseres eigenen, einmaligen, persönlichen Lebens einen Schritt weiter zu tun vom Tier zum Menschen.

Aus »Du sollst nicht töten«, 1919

*

Ich glaube an die Macht der Idee, denn eine Idee ist für mich nicht ein Hirngespinst, sondern ein Vorausfühlen, eine Zukunftsahnung der Menschheit.

Aus einem Brief vom 3. 1. 1917 an Hans Sturzenegger

*

Ideale sind, grob gesprochen, ja zumeist gar nicht da, um erfüllt zu werden, sondern um auf unser heutiges, tägliches, stündliches Tun und Denken erziehend und vertiefend zu wirken. Es genügt, daß der Gedanke an den Weltfrieden einmal gedacht wurde, gerade wie es genügt, daß der Gedanke von Gethsemane einmal gedacht wurde. Solche Gedanken sterben nicht wieder. Sie leben weiter, werben weiter und verändern die Welt und die Menschen in langsamer Arbeit.

Aus »Den Pazifisten«, 1915

*

Die Einsicht oder Ansicht, daß das Vollkommene und die Wissenschaft Stückwerk ist, darf niemand daran hindern, doch stets weiterzubauen und eben doch das Mögliche zu erreichen.

Aus einem Brief, 1912 an Reinhard Buchwald

*

Utopien sind nicht da, um sklavisch realisiert zu werden, sondern um die Möglichkeit des Schwierigen und doch Ersehnten zur Diskussion zu stellen und den Glauben an diese Möglichkeit zu stärken.

Aus der Rezension »Neue deutsche Bücher [VI]«,
September 1936

*

Nichts entzieht sich der Darstellung durch Worte so sehr und nichts ist doch notwendiger, den Menschen vor Augen zu stellen, als gewisse Dinge, deren Existenz weder beweisbar noch wahrscheinlich ist, welche aber eben dadurch, daß fromme und gewissenhafte Menschen sie gewissermaßen als seiende Dinge behandeln, dem Sein und der Möglichkeit des Geborenwerdens um einen Schritt näher geführt werden.

Aus dem Motto zum »Glasperlenspiel«, 1934

*

Daß man nicht mit sich und dem, was man von selber ist und kann, zufrieden ist, sondern sich dem Vollkommenen nähern möchte, wenigstens die Sehnsucht danach nicht verliert, das ist doch gerade der beste Teil des Menschen, ein Nachklang der Ebenbildschaft Gottes.

Aus einem Brief vom August 1942
an seinen Neffen Uli Hesse

*

In sich innen trägt man alles, worauf es ankommt, von außen kann niemand einem helfen. Mit sich selbst nicht im Krieg liegen, mit sich selbst in Liebe und Vertrauen leben – dann kann man alles. Dann kann man nicht nur seiltanzen, dann kann man fliegen.

Aus »Klein und Wagner«, 1919

*

Sobald du etwas probierst, was von dir innen heraus befohlen wird, dann geht es auch.

Aus »Demian«, 1917

*

Wenn der, der etwas notwendig braucht, dies ihm Notwendige findet, so ist es nicht der Zufall, der es ihm gibt, sondern er selbst, sein eigenes Verlangen und Müssen führt ihn hin. *Aus »Demian«, 1917*

*

Jeder starke Mensch erreicht unfehlbar das, was ein wirklicher Trieb ihn suchen heißt.

Aus »Der Steppenwolf«, 1925-1927

*

Wer die höchste Kraft des Begehrens ins Zentrum richtet, gegen das wahre Sein hin, gegen das Vollkommene, der scheint ruhiger als der Leidenschaftliche, weil man die Flamme seiner Glut nicht immer sieht, weil er zum Beispiel beim Disputieren nicht schreit und nicht mit den

Armen fuchtelt. Aber ich sage dir: er muß glühen und brennen. *Aus »Das Glasperlenspiel«, 1931-1942*

*

Die Flamme

Ob du tanzen gehst in Tand und Plunder,
Ob dein Herz sich wund in Sorgen müht,
Täglich neu erfährst du doch das Wunder,
Daß des Lebens Flamme in dir glüht.

Mancher läßt sie lodern und verprassen,
Trunken im verzückten Augenblick,
Andre geben sorglich und gelassen
Kind und Enkeln weiter ihr Geschick.

Doch verloren sind nur dessen Tage,
Den sein Weg durch dumpfe Dämmrung führt,
Der sich sättigt in des Tages Plage
Und des Lebens Flamme niemals spürt.

1910

*

Was ich niemals wünsche, auch in den schlechtesten Stunden nicht, das ist ein mittlerer Zustand zwischen Gut und Schlecht, so eine laue, erträgliche Mitte. Nein, lieber noch eine Übertreibung der Kurve – lieber die Qual noch böser und dafür die seligen Augenblicke noch um einen Glanz reicher!

Aus »Wanderung«, 1918/19

Klarheit über ihre Gefühle und über die »Tragweite« und Folgen ihrer Handlungen haben nur die guten, gesicherten Menschen, die an das Leben glauben und keinen Schritt tun, den sie nicht auch morgen und übermorgen werden billigen können. Ich habe nicht das Glück, zu ihnen zu zählen, und ich fühle und handle so wie einer, der nicht an morgen glaubt und jeden Tag für den letzten ansieht.

Aus »Klingsors letzter Sommer«, 1919

*

Wir sollen alles das sehr ernst nehmen, was wir selber zu verantworten haben und was wir für unsre Pflicht und Aufgabe halten – aber das von außen Kommende, das Schicksal, das außerhalb unserer Einflüsse und Entschlüsse liegt, das brauchen wir nicht ernster zu nehmen als nötig und sollen ihm unser Ich ruhig entgegensetzen und es nicht in uns hineinlassen. Sonst wäre es keinem denkenden Menschen (es gibt freilich wenige) möglich, das Leben zu ertragen.

Aus einem Brief vom Mai 1933 an seinen Sohn Bruno

*

Für mich ist erster Glaubenssatz die Einheit hinter und über den Gegensätzen. Natürlich leugne ich nicht die Möglichkeit, solche Schemata aufzustellen, wie »aktiv« und »kontemplativ«, und leugne nicht, daß es nützlich sein kann, die Menschen aufgrund solcher Typenlehre zu beurteilen. Es gibt Aktive und es gibt Kontemplative. Aber dahinter steht die Einheit, und wirklich lebendig und im günstigen Fall vorbildlich ist für mich nur der, der beide Gegensätze in sich hat. Ich habe nichts gegen den rastlosen Arbeiter und Schaffer und habe auch nichts gegen den nabelschauenden Einsiedler, aber interessant oder gar vorbildlich kann ich beide nicht finden. Der Mensch, den ich suche und erwünsche, ist der, der sowohl der Gemeinschaft wie des Alleinseins, sowohl der Tat wie der Versenkung fähig ist. Und wenn ich in meinen Schriften, wie es scheint, dem beschaulichen Leben den Vorzug vor dem tätigen gebe, so ist es vermutlich deswegen, weil ich unsre Welt und Zeit voll von aktiven, tüchtigen, rührigen, der Kontemplation aber unfähigen Menschen sehe. *Aus einem Brief vom Dezember 1954 an Karl Friedrich Borée*

*

Die Leute leben alle zentrifugal, ich versuche das Gegenteil. *Aus einer Postkarte vom September 1955 an Hilde Jerusalem*

*

Weg nach innen

Wer den Weg nach innen fand,
Wer in glühendem Sichversenken
Je der Weisheit Kern geahnt,
Daß sein Sinn sich Gott und Welt
Nur als Bild und Gleichnis wähle:
Ihm wird jedes Tun und Denken

Zwiegespräch mit seiner eignen Seele,
Welche Welt und Gott enthält.

1918

*

In jedem Menschen, er sei noch so einseitig gebildet, schlummert eine vergessene Brüderschaft mit Sonne und Erde.

Aus »Vom Naturgenuß«, 1908

*

Man hört manchmal Leute sagen, die »Natur« gebe ihnen nichts, sie hätten kein Verhältnis zu ihr. Dieselben Leute werden bei der Frühjahrssonne fröhlich, bei der Sommersonne träge, bei Schwüle schlaff und bei Schneewind frisch. Das ist immerhin schon ein Verhältnis, und man braucht sich dessen nur bewußt zu werden, so ist man schon reif zum Naturgenuß. Denn unter diesem verstehe ich nicht ein rechenschaftsloses Wohlbefinden, sondern im Gegenteil ein bewußtes Mitleben und Zusammenhängen mit der Natur. Ist dies einmal vorhanden, so spielt die sogenannte »Schönheit« der Gegend und des Wetters keine große Rolle mehr ... Die Natur ist überall schön oder nirgends.

Aus »Vom Naturgenuß«, 1908

*

Bei Nacht im Freien unterwegs zu sein, unter dem schweigenden Himmel, an einem still strömenden Gewässer, das ist stets geheimnisvoll und regt die Gründe der Seele auf. Wir sind dann unserm Ursprung näher, fühlen Verwandtschaft mit Tier und Gewächs, fühlen dämmernde Erinnerungen an ein vorzeitliches Leben, da noch keine Häuser und Städte gebaut waren und der heimatlos streifende Mensch Wald, Strom und Gebirg, Wolf und Habicht als seinesgleichen, als Freunde oder Todfeinde lieben und hassen konnte. Auch entfernt die Nacht das gewohnte Gefühl eines gemeinschaftlichen Lebens; wenn kein Licht mehr brennt und keine Menschenstimme mehr zu hören ist, spürt der etwa noch Wachende Vereinsamung und sieht sich losgetrennt und auf sich selber gewiesen. Jenes furchtbarste menschliche Gefühl, unentrinnbar allein zu sein, allein zu leben und allein den Schmerz, die Furcht und den Tod schmecken und ertragen zu müssen, klingt dann bei jedem Gedanken leise mit, dem Gesunden und Jungen ein Schatten und eine Mahnung, dem Schwachen ein Grauen.

Aus »Schön ist die Jugend«, 1907

*

Es ist kein Tag so streng und heiß,
Des sich der Abend nicht erbarmt,
Und den nicht gütig, lind und leis
Die mütterliche Nacht umarmt.

Aus dem Gedicht »Vergiß es nicht«, 1908

*

Ist nicht jeder eindämmernde Abend eine Heimkehr, eine geöffnete Türe, ein Hörbarwerden alles Ewigen? … Laß dir die Abende heilig sein und dränge ihr Schweigen nicht aus deiner Wohnung.

Aus »Eine Stunde hinter Mitternacht«, 1899

*

Bekenntnis

Holder Schein, an deine Spiele
Sieh mich willig hingegeben;
Andre haben Zwecke, Ziele,
Mir genügt es schon, zu leben.

Gleichnis will mir alles scheinen,
Was mir je die Sinne rührte,
Des Unendlichen und Einen,
Das ich stets lebendig spürte.

Solche Bilderschrift zu lesen,
Wird mir stets das Leben lohnen,
Denn das Ewige, das Wesen,
Weiß ich in mir selber wohnen.

1918

*

Die Menschen, denen auf Reisen Fremdes schnell und freundlich vertraut wird und die ein Auge fürs Echte und Wertvolle haben, das sind dieselben, welche im Leben überhaupt einen Sinn erkannt haben und ihrem Stern zu folgen wissen. Ein starkes Heimweh nach den Quellen des Lebens, ein Verlangen, sich mit allem Lebendigen, Schaffenden, Wachsenden befreundet und eins zu fühlen, ist ihr Schlüssel zu den Geheimnissen der Welt, welchen sie nicht nur auf Reisen in ferne Länder, sondern ebenso im Rhythmus des täglichen Lebens und Erlebens begierig und beglückt nachgehen.

Aus »Über das Reisen«, 1904

*

Die Poesie des Reisens liegt im organischen Angliedern von Neuerworbenem, im Zunehmen unseres Verständnisses für die Einheit im Vielfältigen, für das große Gewebe der Erde und Menschheit, im Wiederfinden von alten Wahrheiten und Gesetzen unter ganz neuen Verhältnissen. *Aus »Über das Reisen«, 1904*

*

Immer mehr fühlen wir uns von der wunderbaren Erkenntnis überrascht, daß über alle trennenden Formen und Sitten, über Klima und Geschichte hinweg die Regungen der Seele und die Ziele menschlichen Denkens ähnliche, ja dieselben sind, daß es eine Menschheit gibt, und daß im Reich der Dichtung und des Geistes das Uralte täglich neu und das Fremdeste plötzlich nah und vertraut werden kann.

»Aus der Welt der Bücher [1]«, Juni 1915

Jeder Mensch sieht (unbewußt meist) in der Landschaft etwas Paradiesisches, etwas mehr Ursprüngliches als Gewordenes, und da jeder ein andres Paradiesbild in sich hat, sieht jeder dieselbe Natur anders. Das ist das Schöne und das Traurige: jeder dichtet, indem er sieht, keiner sieht objektiv – und so kann jeder vom andern lernen und am andern Freude haben, aber keiner den andern bis ins Herz hinein verstehen.

Aus einem Brief vom 22. 10. 1907 an Wilhelm Schäfer

*

Der wertvolle Mensch fühlt sich nicht nur seiner Familie und Umgebung, sondern jedem Menschen- und Naturleben verwandt. Was mir zuwider ist, existiert für mich nicht minder als das, was ich liebe. Aber, was ich nicht kenne und nicht kennen mag, was mir gleichgültig ist, was keine Beziehung zu mir, keinen Ruf an mich hat, das existiert für mich nicht, – und je mehr dessen ist, desto niedriger stehe ich selber.

Aus »Vom Naturgenuß«, 1909

*

Reiselied

Sonne leuchte mir ins Herz hinein,
Wind verweh mir Sorgen und Beschwerden!
Tiefere Wonne weiß ich nicht auf Erden,
Als im Weiten unterwegs zu sein.

Nach der Ebne nehm ich meinen Lauf,
Sonne soll mich sengen, Meer mich kühlen;
Unsrer Erde Leben mitzufühlen,
Tu ich alle Sinne festlich auf.

Und so soll mir jeder neue Tag
Neue Freunde, neue Brüder weisen,
Bis ich leidlos alle Kräfte preisen,
Aller Sterne Gast und Freund sein mag.

1911

*

Es ist nicht unsere Aufgabe, einander näherzukommen, sowenig wie Sonne und Mond zueinanderkommen oder Meer und Land. Unser Ziel ist, einander zu erkennen und einer im anderen das zu sehen und ehren zu lernen, was er ist: des andern Gegenstück und Ergänzung.

Aus »Narziß und Goldmund«, 1927-1929

*

Unsere Bestimmung ist, die Gegensätze richtig zu erkennen, erstens nämlich als Gegensätze, dann aber als Pole einer Einheit. *Aus »Das Glasperlenspiel«, 1931-1942*

*

Kultur, im Gegensatz zur Natur, ist alles das, was der Mensch über die Bedürfnisse der Stunde und des nackten Lebens hinaus an geistigen Werten gefunden und geschaffen hat, obenan die Religionen, Künste und Philosophien. Auch das Volkslied des armen Mannes, die Freude des Wanderburschen an Wald und Wolken, die Liebe zum Vaterland … – alles das ist »Kultur«, geistiger Besitz, Menschentum. Über alle Schwankungen der Weltgeschichte und der Völkerentwicklung hinweg hat dieser ideale Besitz der Menschheit sich erhalten, bewährt und gemehrt. Wer innerlich Teil an diesem Besitze hat, der gehört einer unzerstörbaren Gemeinschaft des Geistes an und besitzt etwas, das niemand ihm rauben kann. Wir können Geld, Gesundheit, Freiheit, Leben verlieren. Aber nur zugleich mit dem Leben kann uns das genommen werden, was wir an geistigen Werten wirklich erworben haben und besitzen.

Aus »Der innere Reichtum«, 1916

*

Mit der körperlichen Verwöhnung und Trägheit geht die geistige Hand in Hand. *Aus »Kurgast«, 1923*

*

Luxus gibt man leicht auf, wenn man ein Ziel hat und weiß, warum.

Aus einem Brief vom 12. 3. 1919 an Carl Seelig

*

Es genügt, wenn der Mensch so weit wach geworden ist, daß er sein Wohlergehen nicht für das einzig Wichtige hält und es nicht durch Vergewaltigung anderer zu erwerben sucht. Ein Mensch, dem es im Leben wohl ist und der sich in Harmonie mit der Welt fühlt, ist für die Welt bekömmlicher als ein mißvergnügter Tugendstreber.

Aus einem Brief vom November 1951 an seine Schwiegertochter Isa

*

Wir Anspruchsvolleren, wir mit der Sehnsucht, mit der Dimension zuviel, könnten gar nicht leben, wenn es nicht außer der Luft dieser Welt auch noch eine andre Luft zu atmen gäbe, wenn nicht außer der Zeit auch noch die Ewigkeit bestünde, und die ist das Reich des Echten. Dazu gehört die Musik von Mozart und die Gedichte unserer großen Dichter, es gehören die Heiligen dazu, die Wunder getan, die den Märtyrertod erlitten und den Menschen ein großes Beispiel gegeben haben. Aber es gehört zur Ewigkeit ebenso das Bild jeder echten Tat, die Kraft jedes echten Gefühls, auch wenn niemand davon weiß und es sieht und aufschreibt und für die Nachwelt aufbewahrt. Es gibt in der Ewigkeit keine Nachwelt, nur Mitwelt.

Aus »Der Steppenwolf«, 1925-1927

*

Man darf die Welt nicht nur daraufhin ansehen, was im Augenblick und bei genauester Prüfung sich als wertvoll und wichtig erweist, vielmehr ist die reine Kunst des Genießens, des ruhigen Anschauens und Geltenlassens ein Gut, das uns kein noch so kühner und feiner Intellektueller rauben darf, sonst zerstört er mehr Kultur, als aller Verstand der Welt wieder geben kann.

Aus der Rezension »Für Bücherliebhaber«, November 1913

*

Unser Herz kommt dem Elementaren und scheinbar Ewigen willig und voll Liebe entgegen, schlägt mit dem Takt des Wellenganges, atmet mit dem Winde, fliegt mit den Wolken und Vögeln, fühlt Liebe und Dankbarkeit für die Schönheit der Lichter, Farben und Töne, weiß sich zu ihnen gehörig, ihnen verwandt, und bekommt doch niemals von der ewigen Erde, dem ewigen Himmel eine andre Antwort als eben jenen gelassenen, halb spöttischen Blick des Großen für das Kleine, des Alten für das Kind, des Dauernden für das Vergängliche. Bis wir, sei es in Trotz oder Demut, in Stolz oder in Verzweiflung, dem Stummen die Sprache, dem Ewigen das Zeitliche und Sterbliche entgegenstemmen und aus dem Gefühl der Kleinheit und Vergänglichkeit das ebenso stolze wie verzweifelte Gefühl des Menschen wird, des abtrünnigsten, aber liebefähigsten, des jüngsten, aber wachsten, des verlorensten, aber leidensfähigsten Sohnes der Erde. Und siehe, unsre Ohnmacht ist gebrochen, wir sind weder klein noch trotzig mehr, wir begehren nicht mehr das Einswerden mit der Natur, sondern stellen ihrer Größe die unsre entgegen, ihrer Dauer unsre Wandelbarkeit, ihrer Stummheit unsre Sprache, ihrer scheinbaren Ewigkeit unser Wissen vom Tode, ihrer Gleichgültigkeit unser der Liebe und des Leidens fähiges Herz.

Aus »Beschreibung einer Landschaft«, 1946

Es kommt, wenn ein Mensch das Bedürfnis hat, sein Leben zu rechtfertigen, nicht auf eine objektive, allgemeine Höhe der Leistung an, sondern eben darauf, daß er sein Wesen, das ihm Mitgegebene, so völlig und rein wie möglich in seinem Leben und Tun zur Darstellung bringe. Tausend Verführungen bringen uns beständig von diesem Wege ab, aber die stärkste aller Verführungen ist die, daß man im Grunde ein ganz andrer sein möchte, als man ist, daß man Vorbildern und Idealen folgt, die man nicht erreichen kann und auch gar nicht erreichen soll. Diese Verführung ist darum für höher veranlagte Menschen besonders stark und gefährlicher als die vulgären Gefahren des bloßen Egoismus, weil sie den Anschein des Edlen und Moralischen hat.

Aus »An einen jungen Künstler«, 1949

*

Sie sollten nicht fragen: »Ist meine Art und Einstellung dem Leben gegenüber die richtige?« – denn darauf gibt es keine Antwort: jede Art ist ebenso richtig wie jede andre Art, jede ist ein Stück Leben. Sie sollten vielmehr fragen: »Da ich nun einmal so bin, wie ich bin, da ich diese Bedürfnisse und Probleme in mir habe, die so vielen andern scheinbar ganz erspart bleiben – was muß ich tun, um dennoch das Leben zu ertragen und womöglich etwas Schönes aus ihm zu machen?« Und die Antwort darauf wird, wenn Sie wirklich auf die innerste Stimme hören, etwa so sein: »Da du nun einmal so bist, solltest du andre wegen ihres Andersseins weder beneiden noch verachten und solltest nicht nach ›Richtigkeit‹ deines

Wesens fragen, sondern sollst deine Seele und ihre Bedürfnisse ebenso hinnehmen wie deinen Körper, deinen Namen, deine Herkunft etc.: als etwas Gegebenes, Unentrinnbares, wozu man Ja sagen und wofür man einstehen muß, und wenn auch die ganze Welt dagegen wäre.«

Aus einem Brief vom 21. 7. 1930 an Frl. G. D.

*

Meine Aufgabe ist es nicht, andern das objektiv Beste zu geben, sondern das Meine so rein und aufrichtig wie möglich. *Aus einem Brief vom 4. 5. 1931 an Herrn R. B.*

*

Ich habe den hartnäckigen Glauben, daß kein Ding und kein Mensch in der Welt vergebens da ist, daß auch das scheinbar Üble andre wertvolle Seiten hat.

Aus der Rezension von Hermann Sudermann, »Das hohe Lied«, Februar 1909

*

Die Magie beginnt, wie jede Weisheit, damit, daß man in sich selber hineinsteigt und das Wunder der eigenen Seele bestaunt, einerlei, welche schönen und anderen Seiten sie uns zeigen möge.

Aus einem Brief um 1919 an Carl Seelig

*

Man soll auch das Gute nicht unter Zwang tun.

Aus einem Brief vom Januar 1938 an Eugen Link

*

Jeder gesunde Mensch verlangt etwas zu leisten. Aber nur verwirrter Ehrgeiz trachtet danach, in irgendeiner Sache der »Größte« zu sein. *Notizen, August 1958*

*

Stemmen Sie den harten Kopf nicht allzu fest gegen die Welt, man besiegt sie oft ohne Widerstand leichter, nicht durch Anpassung und Selbstverrat, aber durch Nichtsoernstnehmen.

Aus einem Brief vom Juni 1933 an Anni Rebenwurzel

*

Es gilt nicht, die Wand wegzuschaffen, sondern die Tür zu finden. *Aus »Freunde«, 1907/08*

*

Was man zusammenziehen will, das muß man erst sich richtig ausdehnen lassen. Was man schwächen will, das muß man erst richtig stark werden lassen. Was man beseitigen will, das muß man erst richtig sich ausleben lassen. *Undatiertes Albumblatt*

*

Es kommt einzig auf den Mut an. Er geht auch dem Tapfersten oft verloren, dann neigen wir zum Suchen nach Programmen, nach Sicherheiten und Garantien. Der Mut bedarf der Vernunft, aber er ist nicht ihr Kind, er kommt aus tieferen Schichten.

Aus einem Brief vom 9. 1. 1951 an Kurt Schaer

Der Einzelne und die Gemeinschaft

Nicht jedem Menschen ist es gegeben, eine Persönlichkeit zu werden, die meisten bleiben Exemplare und kennen die Nöte der Individualisierung gar nicht. Wer sie aber kennt und erlebt, der erfährt auch unfehlbar, daß diese Kämpfe ihn mit dem Durchschnitt, dem normalen Leben, dem Hergebrachten und Bürgerlichen in Konflikt bringen.

Aus einem undatierten Brief an einen unbekannten Empfänger

*

Aus den zwei entgegengesetzten Kräften, dem Drang nach einem persönlichen Leben und der Forderung der Umwelt nach Anpassung entsteht die Persönlichkeit. Keine entsteht ohne revolutionäre Erlebnisse.

Aus einem Brief vom Februar 1929 an Marie-Louise Dumont

*

Jede Formung des Menschen, jede Kultur, jede Zivilisation, jede Ordnung beruht auf einer Übereinkunft über das Erlaubte und das Verbotene. Der Mensch, zwischen Tier und ferner Menschenzukunft unterwegs, hat stets viel, unendlich viel in sich zu unterdrücken, zu verstekken, zu leugnen, um ein anständiger Kerl und zur Sozialität fähig zu sein. Der Mensch ist voll von Tier, voll von Urwelt, voll von riesigen, kaum bezähmbaren Trieben einer tierischen, grausamen Selbstsucht. Alle diese gefährlichen Triebe sind da, sind immer da, aber die Kultur, die Übereinkunft, die Zivilisation hat sie verborgen, man zeigt sie nicht, man hat von Kind auf gelernt, diese Triebe zu verstecken und zu leugnen. Aber jeder dieser Triebe kommt irgendeinmal wieder ans Licht. Jeder lebt weiter, keiner wird getötet, keiner auf die Dauer, auf die Ewigkeit verwandelt und veredelt. Und jeder dieser Triebe ist an sich ja gut, ist nicht schlechter als jeder andre, nur hat jede Zeit und jede Kultur Triebe, die sie mehr als die andern fürchtet, die sie mehr verpönt. Wenn nun diese Triebe wieder wach werden, als unerlöste, nur oberflächlich und mühsam gebändigte Naturkräfte, wenn diese Tiere wieder brüllen und sich regen, mit der Klage lang unterdrückter und gepeitschter Sklaven und mit der uralten Glut ihrer Natürlichkeit, dann entstehen die Karamasoffs. Wenn eine Kultur, einer der Versuche der Domestizierung des Menschen, müde wird und zu wanken beginnt, dann werden die Menschen in immer größerer Zahl merkwürdig, werden hysterisch, haben sonderbare Gelüste, gleichen jungen Leuten in der Pubertät oder Schwangeren. Es regen sich in der Seele Dränge, für die man keine Namen hat, die man, von der alten Kultur und Moral aus, als schlecht bezeichnen muß, die aber mit so starker, mit so natürlicher, mit so unschuldiger Stimme sprechen können, daß alles Gute und Böse zweifelhaft wird und jedes Gesetz ins Wanken kommt.

Aus »Die Brüder Karamasoff oder Der Untergang Europas«, 1920

*

Wenn ich von irgendwelchen Verbrechen höre und lese, habe ich nur selten das Gefühl, daß ich unter Umständen nicht auch zu Ähnlichem fähig wäre oder verführt hätte werden können. Der Mensch ist nicht gut, noch ist er böse, sondern er hat die Möglichkeiten zu beidem in sich, und es ist schon viel, wenn sein Bewußtsein und Wille sich auf die Seite des Guten neigen; auch dann noch leben unter der Oberfläche alle Urtriebe in ihm weiter und können ihn zu Ungeahntem führen.

Aus einem Brief vom 18. 8. 1949 an Freifrau von Bernus

*

Leben Sie dem Drang Ihres Herzens nach! Es ist der beste Weg. Was gut und was schlecht ist, weiß ich nicht, es ist mir immer zweifelhafter geworden. Gut ist der Mensch, wenn zwischen seinen Urtrieben und seinem bewußten Leben Harmonie herrscht, andernfalls ist er böse und gefährlich.

Aus einem Brief vom Herbst 1919 an Carl Seelig

*

Jeder von uns muß für sich selber finden, was erlaubt und was verboten – ihm verboten ist. Man kann niemals etwas Verbotenes tun und kann ein großer Schuft dabei sein.

Aus »Demian«, 1917

*

Eine Anklage wird niemals dadurch nichtig, daß sie sich nicht juristisch beweisen läßt.

Aus einem Brief vom 6. 3. 1910 an Johannes Hesse

*

»Ein Verbrecher«, das sagt man so und meint damit, daß einer etwas tut, was andere ihm verboten haben.

Aus »Klein und Wagner«, 1919

*

Kein Mensch kann beim andern sehen und verstehen, was er nicht selbst erlebt hat.

Aus einem Brief vom Mai 1931 an Ida Frohnmeyer

*

Der »Held« ist nicht der gehorsame, brave Bürger und Pflichterfüller. Heldisch kann nur der Einzelne sein, der seinen »eigenen Sinn«, seinen edlen, natürlichen Eigensinn zu seinem Schicksal gemacht hat. »Schicksal und Gemüt sind Namen Eines Begriffes«, hat Novalis gesagt, einer der tiefsten und unbekanntesten deutschen Geister. Aber nur der Held ist es, der den Mut zu seinem Schicksal findet.

Aus »Eigensinn«, 1917

*

Dieselbe Menschheit, die den Gehorsam gegen ihre willkürlichen Gesetze als höchste Tugend bei den Lebenden preist und fordert, dieselbe Menschheit nimmt in ihr ewiges Pantheon gerade jene auf, die jener Forderung Trotz boten und lieber ihr Leben ließen, als ihrem »eigenen Sinn« untreu wurden.

Aus »Eigensinn«, 1917

*

Für uns ist nur jener ein Held und eines besonderen Interesses würdig, der von Natur und durch Erziehung in den Stand gesetzt wurde, seine Person nahezu vollkommen in ihrer hierarchischen Funktion aufgehen zu lassen, ohne daß ihr doch der starke, frische, bewundernswerte Antrieb verlorengegangen wäre, welcher den Duft und Wert des Individuums ausmacht.

Aus »Das Glasperlenspiel«, 1931-1942

*

Jeder Mensch ist Mittelpunkt der Welt, um jeden scheint sie sich willig zu drehen, und jeder Mensch und jedes Menschen Lebenstag ist der End- und Höhepunkt der Weltgeschichte: hinter ihm die Jahrtausende und Völker sind abgewelkt und dahingesunken, und vor ihm ist nichts, einzig dem Augenblick, dem Scheitelpunkt der Gegenwart scheint der ganze riesige Apparat der Weltgeschichte zu dienen. Der primitive Mensch empfindet jede Störung dieses Gefühls, daß er Mittelpunkt sei, daß er am Ufer stehe, während die anderen vom Strom hinabgerissen werden, als Bedrohung, er lehnt es ab, erweckt und belehrt zu werden, er empfindet das Erwachen, das Berührtwerden von der Wirklichkeit, er empfindet den Geist als feindlich und hassenswert, und wendet sich mit erbittertem Instinkt von jenen ab, die er von Zuständen des Wachwerdens befallen sieht, von den Sehern, Problematikern, Genies, Propheten, Besessenen.

Aus dem Gedenkblatt »Erinnerung an Hans«, 1936

*

Wenn in besonders begabten und zart organisierten Menschenseelen die Ahnung ihrer Vielspältigkeit aufdämmert, wenn sie, wie jedes Genie, den Wahn der Persönlichkeitseinheit durchbrechen und sich als mehrteilig, als ein Bündel aus vielen Ichs empfinden, so brauchen sie das nur zu äußern, und alsbald sperrt die Majorität sie ein, ruft die Wissenschaft zu Hilfe, konstatiert Schizophrenie und beschützt die Menschheit davor, aus dem Munde dieser Unglücklichen einen Ruf der Wahrheit vernehmen zu müssen.

Aus »Der Steppenwolf«, 1925-1927

*

Wer »nicht in die Welt paßt«, der ist immer nahe daran, sich selber zu finden. Wer in die Welt paßt, findet sich nie, er wird jedoch Nationalrat.

Aus einem Brief, 1917 an einen unbekannten Empfänger

*

Die Normalen, so sah ich, waren dazu da, die gefundene Form einer Lebensweise, einer Rasse und Art festzuhalten, zu schützen und zu befestigen, damit Rückhalt und Lebensvorrat da sei. Die Phantasten aber waren dazu da, ihre Sprünge zu machen und das nie Erdachte zu träumen, damit vielleicht einmal aus dem Fisch ein Landtier und aus dem Affen ein Affenmensch werden könne. *Aus »Phantasien«, 1918*

*

Alle Menschen sind bereit, das Unglaubliche zu tun, wenn ihre Ideale bedroht werden. Aber keiner ist da, wenn ein neues Ideal eine neue, vielleicht gefährliche und unheimliche Regung des Wachstums anklopft.

Aus »Demian«, 1917

*

Ich bin mein Leben lang ein Verfechter des Einzelnen, der Persönlichkeit gewesen und glaube nicht daran, daß es Allgemeingesetze gibt, mit denen dem Einzelnen gedient wäre. Die Gesetze und Rezepte sind im Gegenteil auch nicht für den Einzelnen da, sondern für die Vielen, für die Herden, Völker und Kollektive. Die wirklichen Persönlichkeiten haben es auf Erden schwerer, aber auch schöner, sie genießen nicht den Schutz der Herde, aber die Freuden der eigenen Phantasie, und müssen, wenn sie die Jugendjahre überstehen, eine sehr große Verantwortung tragen.

Aus einem Brief vom Januar 1951 an Erwin Mittelmaier

*

Man darf das nicht aussprechen ... Es ist vom humanen Standpunkt ebenso wie vom demokratischen und christlichen aus verboten, zu sehr daran zu erinnern, daß die Menschen ungleich sind, daß die Genialen uns mehr Spaß machen als die Dummen und daß Gottes Reich auf Erden ohne die aristokratischen Überdurchschnittsmenschen nicht der Rede wert wäre. Daß diese Übernormalen ihr Plus mit großen Leiden bezahlen müssen, ist wieder ein anderes Kapitel.

Aus einem Brief vom November 1930 an Karl Isenberg

*

Nur der Einzelne kann im Kampf gegen die natürlichen Triebe das Unmögliche erreichen. Eine Gemeinschaft, ein Volk kann das nicht, die wollen nicht nach rein idealen Regeln regiert sein, sondern mit Zugeständnissen und Anpassungen rein praktisch behandelt werden.

Aus einem Brief vom 31. 1. 1952 an Irmgard Schabicki

*

Wir Geistigen haben, allen Dampfwalzen und Normierungen zum Trotz, das Differenzieren zu üben und nicht das Verallgemeinern.

Aus einem Brief vom April 1949 an einen Professor in Amerika

*

Die Welt will vom Geist nichts wissen. Dem Egoismus der Menschen ist jedes Ideal verhaßt, das mehr von ihnen fordert als eine höfliche Maske.

Aus einem Brief vom Oktober 1929 an Emil Egli

Wirkliche Tugenden stören immer und erregen Haß.

Aus »Eigensinn«, 1917

*

Mir ist es so gegangen: Bespuckt und angegriffen bin ich noch niemals wegen irgendeiner dummen und halben und wertlosen Sache worden, sondern wenn ich ausgepfiffen wurde, so war es jedesmal für eine Leistung oder Gesinnung, die sich nachher bewährt hat.

Aus einem Brief vom 23.5.1929 an Olga Diener

*

Wenn wir einen Menschen hassen, so hassen wir in seinem Bild etwas, was in uns selber sitzt. Was nicht in uns selber ist, das regt uns nicht auf. *Aus »Demian«, 1917*

*

Sie sagen, das Suchen nach dem Ich sei weniger wichtig als das Finden des rechten Verhältnisses zu den andern. Aber dies ist gar nicht zweierlei. Wer jenes echte Ich sucht, der sucht zugleich die Norm alles Lebens, denn dies innerste Ich ist bei allen Menschen gleich. Es ist Gott, es ist der »Sinn«. Darum sagt der Brahmane zu jedem fremden Wesen »tat twam asi« = das bist du! Er weiß, daß er keinem andern Wesen schaden kann, ohne sich selbst zu schaden, und daß Egoismus keinen Sinn hat. *Aus einem Brief vom 28.2.1920 an Helene Welti*

Unser subjektives, empirisches, individuelles Ich, wenn wir es ein wenig beobachten, zeigt sich als sehr wechselnd, launisch, sehr abhängig von außen, Einflüssen sehr ausgesetzt ... Dann ist aber das andere Ich da, im ersten Ich verborgen, mit ihm vermischt, keineswegs aber mit ihm zu verwechseln. Dies zweite, hohe, heilige Ich (der Atman der Inder, den sie Brahma gleichstellen) ist nicht persönlich, sondern ist unser Anteil an Gott, am Leben, am Ganzen, am Un- und Überpersönlichen. Diesem Ich nachzugehen und zu folgen lohnt sich schon eher. Nur ist es schwer, dies ewige Ich ist still und geduldig, während das andere Ich so vorlaut und ungeduldig ist. *Aus einem Brief vom Mai 1943 an Alfons Keller*

*

Das »Du sollst nicht töten!« ist nicht das starre Gebot eines lehrhaften »Altruismus«. Altruismus ist etwas, was in der Natur nicht vorkommt. Und »Du sollst nicht töten!« heißt nicht: Du sollst dem andern nicht weh tun! Es heißt: Du sollst dich selbst des andern nicht berauben, du sollst dich selbst nicht schädigen! Der andere ist ja kein Fremder, ist ja nichts Fernes, Beziehungsloses, für sich Lebendes. Alles auf der Welt, alle die tausend »anderen« sind ja für mich nur da, insofern ich sie sehe, sie fühle, Beziehungen zu ihnen habe. Aus Beziehungen zwischen mir und der Welt, den »anderen«, besteht ja einzig mein Leben. *Aus »Krieg und Frieden«, 1918*

*

Je rascher sich die Menschheit vermehrt und je mehr technische Mittel sie besitzt, desto mehr wird sie verflacht und zum gleichförmigen Kollektiv werden. Für die Menschheit als Masse besteht die Aufgabe des Lebens nur in der möglichst reibungslosen Eingliederung und Anpassung, im Herabschrauben der persönlichen Verantwortlichkeit auf ein Minimum.
Wir anderen, die stets kleine Zahl der zu einem persönlichen, individuellen Leben Befähigten und Berufenen, haben vor der Masse die zarteren Sinne und die größere Denkfähigkeit voraus, und diese Gaben können uns sehr viel Glück verschaffen. Wir sehen, hören, denken genauer, empfänglicher, reicher an Nuancen, aber wir sind auch einsam und gefährdet, wir müssen auf das Glück der verantwortungslosen Masse verzichten. Jeder von uns muß über sich selbst, über seine Gaben, Möglichkeiten und Eigenheiten Klarheit suchen und sein Leben in den Dienst der Vervollkommnung, der Selbstwerdung stellen. Wenn wir das tun, dann dienen wir auch zugleich der Menschheit, denn alle Werte der Kultur (Religion, Kunst, Dichtung, Philosophie etc.) entstehen auf diesem Weg. Auf ihm wird der oft verlästerte »Individualismus« zum Dienst an der Gemeinschaft und verliert das Odium des Egoismus.

Aus einem Brief vom Juli 1961 an Kenro Takahashi

*

Man hat sich damit abzufinden, daß die Welt teils von Teufeln, teils von Eseln regiert wird.

Aus einem Brief vom März 1940 an Alice Leuthold

Die Wissenden sind immer nur wenige. Aber vielleicht bedürfen sie der Masse, die sie umhüllt und verbirgt, ebensosehr, wie die Masse ihrer bedarf.

Aus einem Brief vom Oktober 1937
an eine Gruppe junger Menschen in Berlin

*

Trotz aller belesenen Gescheitheit wissen und fühlen es im Ernst nur wenige, daß Mensch und Menschheit nichts Gegenwärtiges, Fertiges und Abgeschlossenes sind, sondern Ideale, Projektionen, Götterbilder, Forderungen.

Aus einem Notizbuch, 24. 12. 1917

*

Wenn wir einmal wissen, daß der Weg zu einem edleren Menschentum durch die Einsicht führt, daß wir Menschen Brüder und göttlicher Herkunft sind, wenn wir einmal richtig von diesem Blitz geweckt und verwundet sind, dann können wir nicht wieder vollkommen einschlafen und in den Fiebertraum jener Geisteshaltung verfallen, aus der die Kriege, die Rassenverfolgung und alle Bruderkämpfe zwischen Menschen kommen.

Aus einem Brief vom Januar 1953 an Thusnelde Wolff

*

Stets ist »die Menschheit«, d. h. die Majorität der Menschen, gegen die gewesen, die das Gute wollen, denn die Masse ist weder gut noch böse, sie ist vor allem träge und haßt nichts mehr als alle Anrufe, die an ihr Gewissen ergehen. Stets wird die Entwicklung zum Höheren, die Überwindung des Egoismus und der Trägheit nur von Einzelnen geleistet, nicht von Majoritäten.

Aus einem Brief vom 19.3.1949 an H. Dietrich Müller-Grote

*

Die Heilung, Einkehr, Besinnung und Wiedergeburt eines Volkes vollzieht sich nicht an der Oberfläche und nicht an den Massen, sondern geht still und verborgen in den Einzelnen vor sich.

Aus dem Nachwort »Zu Jean Pauls ›Siebenkäs‹«, 1924/25

*

Wenn an irgend etwas die Welt genesen und die Menschheit sich erholen und reinigen kann, so sind es die Taten und Leiden derer, die nicht zu biegen und nicht zu kaufen waren und lieber das Leben ließen als ihr Menschentum.

Aus »Brief an Adele«, 1946

*

Der Mensch als Masse ist mir fremd und höchst fragwürdig. Und was aus dieser Masse seit den Zeiten meiner Jugend, wo sie noch durch starke Bindungen und Hemmungen beherrscht war – was aus der Masse werden kann, haben wir ja seit 1914 gesehen. Nein, was ich am Menschen liebe, sind die Möglichkeiten des Einzelnen. Der Gedanke, es könnte übermorgen keine Menschheit mehr geben, hat für mich nichts Schreckendes. Wohl aber wäre es mir ein tiefer Schmerz zu wissen, daß es künftig keinen Goethe, keinen Mörike, keinen Tolstoi oder Tschechow, keinen Renoir oder Cézanne mehr geben werde – und keine mehr von jenen Menschen, die der Freude und Schwermut über Beethoven, Bach oder Hölderlin fähig sind.

Aus einem Brief vom Mai/Juni 1956 an Ingeborg Hartung

*

Wer stärker individualisiert ist, muß erkennen, daß das Leben ein Kampf zwischen Opfer und Trotz, zwischen Anerkennung der Gemeinschaft und Rettung der Persönlichkeit ist.

Aus einem Brief vom 28.7.1958 an Christine Dittmar

*

Ich sehe den Einzelnen immer als einmaliges Individuum, einmalig, aber nicht unveränderlich, und worauf ich neugierig bin, das ist nicht das gesellschaftliche Verhalten der Einzelnen, sondern die Wandlungsfähigkeit, die Möglichkeit zum Transzendieren aller Kategorien.

Aus einem Brief vom 27.2.1956 an Hans Moser

*

Das Menschenideal ... wäre weder das »Genie« noch der Weltmann, weder der rein nach innen noch der rein nach außen gewandte Mensch, sondern der zwischen

Weltverbundenheit und Einkehr, zwischen Extraversion und Introversion überlegen und harmonisch wechselnde.

Aus dem Essay »Über Casanova«, 1925

*

Gerade die Stadtleute, Kopfarbeiter und Nervenmenschen, die differenzierten Naturen, befinden sich nach vollzogener Umschaltung, nach geglückter Verlegung des Schwergewichtes vom Intellekt ins Physische, merkwürdig wohl. Sie ertragen das Unglaubliche, und es zeigt sich sogar häufig, daß der differenziertere Nervenmensch mehr aushält und leichter ein Drüberstehen findet als der »unverbrauchte« Naive.

Aus der Rezension »Soldatenpsychologie«, Dezember 1915

*

Vielleicht ist jedem Menschen wie einem geschleuderten Ball seine Wurfbahn vorgezeichnet, und er folgt einer längst bestimmten Linie, während er das Schicksal zu zwingen oder zu hänseln meint. Jedenfalls aber ruht das »Schicksal« in uns und nicht außer uns, und damit bekommt die Oberfläche des Lebens, das sichtbare Geschehen, eine gewisse Unwichtigkeit. Was man gewöhnlich schwernimmt und gar tragisch nennt, wird dann oft zur Bagatelle. Und dieselben Leute, die vor dem Anschein des Tragischen in die Knie sinken, leiden und gehen unter an Dingen, die sie nie beachtet haben.

Aus »Eine Fußreise im Herbst«, 1906

Da meine ganze Arbeit als Autor den Sinn hat, das Individuelle gegen das »Normale« und Normierte zu verteidigen, halte ich die Sehnsucht nach einem Sicheinpassen und Einswerden mit den Vielen und dem Alltag für unerfüllbar. Für den stark persönlichen, einsamen Menschen ist mit dem normierten Leben nur eine konventionelle und nie befriedigende Befreundung möglich. Darum ist es besser, die andere Gemeinschaft zu suchen und zu pflegen, die mit allen denen, denen man sich verwandt weiß, den Dichtern, den Denkern, Einsamen, und wenn alles andre nicht glückt, haben wir zumindest den Ersatz und die ewige Gemeinde derer, denen wir ähnlich sind und die sich in allen Zeiten, Völkern und Sprachen in Büchern, Gedanken, Kunstwerken ausgesprochen hat.
Die Versuche, das angeblich »wirkliche« und gesunde Leben aller mitzuerleben, sind gewiß nicht ohne Wert. Aber am Ende führen sie uns doch immer nur in eine Welt, mit deren Werten und Maßstäben wir im Innern nicht einverstanden sind, und was wir dabei gewinnen, zerfällt uns in den Händen.
Und außer den Denkern und Dichtern steht uns auch noch die Natur offen, das Mitschwingen in einer Welt, in der es keine Konvention gibt und die nur dem wirklich der Hingabe und Betrachtung Fähigen offensteht. Die Natur, wie sie der Sonntagsausflügler und Teilnehmer an Gesellschaftsreisen genießt, ist ein Schemen.

Aus einem Brief vom November 1941
an eine unbekannte Leserin

*

Ein Vagabund ist immer der Gegenspieler und Todfeind des Besitzenden und Seßhaften, der ihn haßt, verachtet und fürchtet, denn er will nicht an all das erinnert werden: nicht an die Flüchtigkeit alles Seins, an das beständige Hinwelken alles Lebens, an den unerbittlichen eisigen Tod, der rund um uns das Weltall erfüllt.

Aus »Narziß und Goldmund«, 1927-1929

*

Fürs Soziale ... fehlt mir eigentlich der Sinn ganz – vielleicht weil ich selber stets ein armer Teufel war und die Poesie und den Humor des Nichthabens kenne und gern habe.

Aus einem Brief vom 24.4.1904 an Alexander von Bernus

*

Wir Menschen sind so beschaffen, daß die eigenen Sorgen und Leiden uns weit ernster erscheinen als fremde.

Aus einem Brief vom Mai 1935 an Ernst Rheinwald

*

Es ist überaus selten, daß ein Mensch die Lage eines andern mitfühlt, wenn er selbst nie in der gleichen Lage war. Wer körperlich robust und froh ist, begreift die Leiden eines Kranken bei allem Mitleid doch nie. So ist es auch mit reich und arm. Ich habe noch sehr selten einen Reichen gesehen, der ein echtes, verstehendes Gefühl für die Situation des unverschuldet Armen gehabt hätte.

Und ebenso ergeht es dem Armen, wenn er selbst nie wohlhabend war. Er versteht den Reichen nie richtig und sieht mit Vorliebe an ihm die negative Seite.

Aus einem Brief um 1919 an Hans Reinhart

*

Kein Mensch fühlt im andern eine Schwingung mit, ohne daß er sie selbst in sich hat.

Aus einem Brief vom 16. 3. 1926 an Eugen Link

*

Zart anfassen und schonen kann nur einer, der dieses Zartanfassens selber bedarf.

Aus »Schlaflose Nächte«, 1900

*

An jedem Menschen die Merkmale finden, die ihn von den anderen unterscheiden, heißt ihn erkennen.

Aus »Narziß und Goldmund«, 1927-1929

*

Man vergißt Urteil und Kritik über andre, wenn man sich selbst voll von Zweifeln weiß.

Aus einem Brief vom 4. 4. 1919 an Gustav Gamper

*

Der echte Heilige, obwohl er selbst hohe Grade der Askese von sich verlangt, ist maßvoll, ja läßlich in den asketischen Forderungen, die er an andere stellt.

Aus der Rezension »Bücher der Kultur und Kunst [V]«, Februar 1932

*

Unduldsam sollte man, nach meinem Gefühl, nur gegen sich selber sein, nicht gegen andere.

Aus einem Brief vom 10.4.1919 an Ludwig Finckh

*

Keiner ist ja ohne Schuld, / Also üben wir Geduld.

Aus »Der verbannte Ehemann«, 1905/1910

*

Man gibt sich viel Mühe mit dem Studium dessen, was die Menschen, Völker und Zeiten voneinander trennt. Achten wir auch wieder auf das, was alle Menschen verbindet.

Aus der Rezension von Carl Einstein, »Die Plastik der Neger«, Juli 1915

*

»Kollegen« laufen zwar gerne zueinander, vertragen sich aber selten.

Aus einem Brief um 1908 an Theodor Haering

*

Je näher man beieinandersitzt, desto schwerer lernt man sich kennen.

Aus »Der Dichter Christian Wagner«, August 1915

*

Überall Gemeinsamkeit, überall Zusammenhocken, überall Abladen des Schicksals und Flucht in warme Herdennähe!

Aus »Demian«, 1917

*

Man kann leicht Freunde erwerben, ich habe es damit selten schwer gehabt, aber Freunde, von denen man nicht einseitig, sondern quasi rundherum gekannt und verstanden wird, sind kaum zu finden.

Aus einem Brief vom 7.7.1937 an Thomas Mann

*

Leute mit glücklichem Familienleben sind als Freunde wenig tauglich.

Aus einem Brief vom Dezember 1926 an Käte Kehr

*

Vor dem Volk habe ich unbedingt Respekt, und seine irrationalen Wege sind mir lieber als die rationalen Begründungen, die man dazu gibt.

Aus einem Brief vom Juli 1933 an Fanny Schiler

Die Gleichheit der Struktur der menschlichen Seele ist über die ganze Erde hinweg das psychologisch wichtigste Ergebnis aller »Folklore« gewesen! Aber wenn die Erkenntnis und Bestätigung dieser Gleichheit – das Wissen um das tatsächliche Vorhandensein einer »Menschheit«, nicht nur als Utopie – schön und zukunftsreich ist, so ist es dennoch höchst erfreulich und reizend, ja beglückend, die verschiedenen Trachten, Gebärden und Mundarten dieser selben Seele zu belauschen

Aus der Rezension »Eine ›Schweizer Bibliothek‹«, November 1917

*

Es scheint heute so zu sein, daß wir geistigeren Menschen alle überindividualisiert sind und den Anschluß an Zeit und Volk nicht finden, weil die Menge, der Durchschnitt heute um ebensoviel zu wenig individualisiert ist wie wir zu viel, und mit diesem allerdings hervorragend stumpfsinnigen Herdenmenschentum können wir freilich nichts anfangen. Desto nötiger haben wir es, uns untereinander nicht im Stich zu lassen.

Aus einem Brief vom 8.5.1925 an Ernst Morgenthaler

*

Die aufrichtigen und einigermaßen klugen Menschen sind nicht so häufig, und wenn sie miteinander in Konflikte kommen, so sollten sie sich womöglich daran steigern und läutern.

Aus einem Brief vom 18.1.1932 an Erhard Bruder

Ich glaube nicht, daß die »Normalen« es wirklich viel leichter haben. Sie sind nur feiger und weniger aufrichtig. Sie schweigen von ihren Nöten und Unzulänglichkeiten und spielen die Unanfechtbaren, aber jeden Augenblick sehen wir einen von ihnen sich aufhängen oder einen Zusammenbruch erleiden. Nein, sie sind nicht zu beneiden. *Aus einem Brief, 1933 an Karl Scholz*

*

Das Leben am Rande, das Gehen auf schmalem Grat ist mir aus den meisten Zeiten meines Lebens wohlbekannt. Da es ein Alleingehen ist, ziehe ich es trotz allem dem leichteren und gefahrloseren Mitlaufen in der Menge vor. *Aus einem Brief vom Juli 1957 an Hilde Jerusalem*

*

Der eine erfindet den Individualismus, weil er seine Zeitgenossen nicht leiden mag, und der andere den Sozialismus, weil er es allein nicht aushält.

Aus »Gertrud«, 1907/08

*

Wo die edleren Tiere verrecken, siegt das Karnickel; es macht keine Ansprüche, fühlt sich wohl und pflanzt sich zahllos fort.

Aus einem Brief vom 21. 10. 1929 an Heinrich Wiegand

*

Als die Umwälzungen auf der Erdoberfläche die Wassertiere ans Land, Landtiere ins Wasser warfen, da waren es die schicksalbereiten Exemplare, die das Neue und Unerhörte vollziehen und ihre Art durch neue Anpassungen retten konnten. Ob es dieselben Exemplare waren, welche vorher in ihrer Art als Konservative und Erhaltende hervorragten, oder eher die Sonderlinge und Revolutionäre, das wissen wir nicht. Sie waren bereit, und darum konnten sie ihre Art in neue Entwicklungen hinüberretten. *Aus »Demian«, 1917*

*

Leute mit Mut und Charakter sind den andern Leuten immer sehr unheimlich. *Aus »Demian«, 1917*

*

Die Menschen sind überall gleich: sobald sie wittern daß man nicht ihresgleichen ist, werden sie mißtrauisch und unzugänglich, wenn auch doppelt höflich.

Aus einem Brief vom 16.11.1907 an Jakob Schaffner

*

Wessen Persönlichkeit sich schwer und kämpfend von seinen Herkünften losgelöst hat, der neigt nicht dazu, seine teuer erkaufte Freiheit und Verantwortlichkeit an irgendein Schema und Programm, eine Schule, eine Richtung, eine Clique hinzugeben.

Aus dem Gedenkblatt »Ernst Morgenthaler«, 1936

Man beißt sich an mir die Zähne aus, wenn man mich im Geringsten zwingen will.

Aus einem Brief vom 9. 11. 1929 an Erhard Bruder

*

Ein anständiger Mensch tut keinen Schritt, ohne Feinde zu kriegen. *Aus einem Brief vom 4. 8. 1910 an Otto Stößl*

*

Nichts ärgert die Menge mehr, als wenn einer sie nötigt, ihre Meinung von ihm zu ändern.

Aus einem Brief vom 24. 1. 1897 an Johannes Hesse

*

Das ist die Krebskrankheit, an der unsere ganze Welt krank ist: die Hypertrophie des zum Selbstzweck und Götzen gewordenen Staates und seiner Beamtenschaft, welche automatisch bestrebt ist, durch immer neue unnütze Formalitäten und Ämter sich unentbehrlich zu machen und ihre Zahl zu vermehren.

Aus einem Brief vom Juni 1944 an Ernst Zahn

*

Lebendige und zielbewußte Fürsorge stößt überall auf Hemmnisse und Widerstände in Bürokratentum, Wichtigmacherei, Streberei und dilettantischer Unsachlichkeit. Daß das Wichtige gut und rasch geschehe, das scheitert

unendlich oft nur an der Gleichgültigkeit oder gar Feindseligkeit eingesessener Vereine und Instanzen oder – noch häufiger – an persönlichen Interessen und persönlicher Eitelkeit Einzelner.
Um solche Widerstände besiegen zu können, ohne drei Viertel der verfügbaren Energie daran zu verschwenden ... dafür ist ein Zusammenschluß all derer nötig, die zum Helfen fähig und die reinen Willens sind. Es gibt deren genug ... die Besten sitzen irgendwo allein, nachdem sie sich verbittert von der »öffentlichen Wohltätigkeit« zurückgezogen haben. Sie alle, die zerstreut keine Macht haben gegenüber der Routine der Bürokraten und Gschaftlhuber, gilt es zu sammeln, damit sie eine unwiderstehliche, das Gute wirkende Macht werden.

Aus dem Vorwort zum ersten Heft von »Vivos voco«, 1919

*

In demokratischen und geistig saturierten Zeiten wie der unseren ist es schon eine Entdeckung, daß es nicht einen Normalmenschen gibt, der die und die Eigenschaft hat und in dessen Denken sich die und die von Kant geforderten Kategorien vorfinden, sondern daß es inmitten der uninteressanten Normalmenschen zuweilen überwertige Menschen gibt, die oft nebenbei pathologisch sind, denen aber die Möglichkeit gegeben ist, die Wahrheit zu sagen, die Unerbittlichkeit der Lebensvorgänge und die Sinnbildlichkeit jedes Einzelseins für das Ganze. *Aus »Verregneter Sonntag«, 1928*

*

Für gewöhnlich weiß man genau und ist davon überzeugt, daß der Herr Beamte ein einwandfreier Bürger, ein gerechtfertigtes Kind Gottes, ein richtig numeriertes und nützliches Mitglied der Menschheit ist, während der Irre eben ein armer Kerl ist, ein unglücklicher Kranker, den man duldet, den man bedauert, der aber keinen Wert hat. Aber dann kommen Tage oder doch Stunden, etwa wenn man ungewöhnlich viel mit Professoren oder mit Irren verkehrt hat, da plötzlich das Gegenteil wahr ist: dann sieht man in dem Irren einen stillen, in sich sichern Glücklichen, einen Weisen, einen Liebling Gottes, charaktervoll in sich selbst und in seinem Glauben von sich selbst begnügt – der Professor oder Beamte aber scheint einem entbehrlich, von mäßigem Charakter, eine persönlichkeitslose und naturlose Figur, von welcher zwölf aufs Dutzend gehen. *Aus »Über Gedichte«, 1918*

*

Je höher die Bildung eines Menschen, je größer die Privilegien, die er genoß, desto größer sollen im Fall der Not die Opfer sein, die er bringt.

Aus »Das Glasperlenspiel«, 1931-1942

*

Wer höher steigt und größere Aufgaben bekommt, wird nicht freier, er wird nur immer verantwortlicher.

Aus »Das Glasperlenspiel«, 1931-1942

Es hatte sich gezeigt, daß in Zeiten der Beunruhigung und der allgemeinen Sorge ein Mann desto brauchbarer ist, je mehr er sein Leben und Denken auf Geistiges und Überpersönliches gerichtet, je mehr er verehren, beobachten, anbeten, dienen und opfern gelernt hat.

Aus »Das Glasperlenspiel«, 1931-1942

*

Für viele genügt nach wie vor das, was sie an Religion in der Kirche finden können. Wer dem entwachsen ist, muß individueller belehrt werden. Der Arbeiter z. B. darüber, daß er ein armes Tier ist, wenn er seiner Arbeit keinen anderen Sinn geben kann als den, daß er dafür zu Essen bekommt. Daß seine Arbeit für alle geschieht, also innig teilhat am Ganzen des Volkes und der Menschheit und daß er, je besser er arbeitet, je mehr er die Qualität seiner Arbeit steigert, desto wertvoller ist ... ist dabei vielleicht der wichtigste Punkt.

Aus einem Brief vom Mai 1951 an Heinrich Rauscher

*

Was lange leben will, muß dienen. Was aber herrschen will, das lebt nicht lange.

Aus »Die Morgenlandfahrt«, 1930/31

*

Wir halten vom Führen nicht viel, vom Dienen alles. Wir pflegen vor allen Tugenden die Ehrfurcht, aber wir bringen diese Ehrfurcht nicht Personen dar.

Aus einem Brief vom 8.4.1932 an Joachim Bartuzat

Gerade das, was Sie bei mir suchen und von mir wollen, kann ich nicht geben. Ich bin *kein* Führer, und will und darf keiner sein. Ich habe durch meine Schriften zuweilen jungen Lesern dazu gedient, bis dahin zu kommen, wo das Chaos beginnt, das heißt, wo sie allein und ohne helfende Konventionen dem Rätsel des Lebens gegenüberstehen. Für die meisten ist schon das eine Gefahr, und die meisten kehren dann auch wieder um und suchen neue Anschlüsse und Bindungen. Die sehr wenigen, die es treibt, ins Chaos einzutreten und die Hölle unserer Zeit bewußt zu erleben, die tun es ohne »Führer«.

Aus einem Brief vom 17. 10. 1928 an Manuel Gasser

*

Einer, der sich für die naivsten Ideale der Welt hinzugeben bereit ist, ist mir viel lieber als jemand, der über alle Gesinnungen und Ideale klug zu reden versteht, aber für keines auch nur zum kleinsten Verzicht fähig wäre.

Aus einem Brief vom 31. 1. 1930 an seinen Sohn Heiner

*

Wir kennen zwar nicht »gute« und »schlechte« Gesinnungen, nicht rechte und nicht linke – wir kennen aber zweierlei Menschen und urteilen einzig danach: solche, die ihre Gesinnungen zu leben suchen, und solche, die ihre Gesinnungen nur in der Brusttasche tragen.

Aus »Weltgeschichte«, 1918

*

Die Leute lieben Originale nicht, sie haben alles lieber aus zweiter Hand. Man hat das Neue nur gern, wenn es schon verdaut und verändert, verkleinert und verzierlicht serviert wird.

Aus der Würdigung »Strindberg«, Januar 1909

*

Das »Bürgerliche« als ein stets vorhandener Zustand des Menschlichen ist nichts anderes als das Streben nach einer ausgeglichenen Mitte zwischen den zahllosen Extremen und Gegensatzpaaren menschlichen Verhaltens.

Aus »Der Steppenwolf«, 1925-1927

*

Intensiv leben kann man nur auf Kosten des Ich. Der Bürger nun schätzt nichts höher als das Ich (ein nur rudimentär entwickeltes Ich allerdings). Auf Kosten der Intensität erreicht er Erhaltung und Sicherheit, statt Gottbesessenheit erntet er Gewissensruhe, statt Lust Behagen, statt Freiheit Bequemlichkeit, statt tödlicher Glut eine angenehme Temperatur. Der Bürger ist deshalb seinem Wesen nach ein Geschöpf von schwachem Lebensantrieb, ängstlich, jede Preisgabe seiner selbst fürchtend, leicht zu regieren. Er hat darum an Stelle der Macht die Majorität gesetzt, an Stelle der Gewalt das Gesetz, an Stelle der Verantwortung das Abstimmungsverfahren.

Aus »Der Steppenwolf«, 1925-1927

*

»Wirklich« nennt der Bürger nur die Dinge, die von allen oder doch von vielen ähnlich wahrgenommen werden. *Aus »Klingsors letzter Sommer«, 1919*

*

Für den Mitbürger ist alles ein Heiligtum, was gemeinsam und gemeinschaftlich ist, was er mit vielen, womöglich mit allen teilt, was ihn nie an Einsamkeit, an Geburt und Tod, an das innerste Ich erinnert.

Aus »Sprache«, 1917

*

Ich habe, privat oder öffentlich, noch niemals irgend etwas Gutes und Vernünftiges angestrebt, das nicht von den jeweils Mächtigen sabotiert worden wäre.

Aus einem Brief vom August 1946 an Wolfram Kimmig

*

Es gibt nichts so Böses, Wildes und Grausames in der Natur wie die Normalmenschen.

Aus einem Brief vom 27.4.1928 an Olga Diener

*

Die Leute sind so: sie können vergnügt zuschauen, wie jemand hingerichtet wird; aber wenn sie dabei einen Blutstropfen auf die Schuhe gespritzt kriegen, dann reklamieren sie heftig.

Aus einer Postkarte vom 2.11 1927 an Ida Huck

Das Geld, das Geschäft. die Maschine und der Staat sind die Erscheinungsformen des Teufels in unserer Zeit. Es verdirbt uns Speise und Luft, Schlaf und Traum. Dennoch müssen einige aushalten und nicht sich unterkriegen lassen; sonst hat unsere Zeit der nachfolgenden nichts zu vererben.

Aus einem Brief vom Oktober 1939 an Hans Popp

*

Man kann Zeit leicht in Geld verwandeln, wie man elektrischen Strom leicht in Licht und Wärme verwandeln kann. Irrsinnig und gemein an jenem dümmsten aller Menschheitssätze ist ja nur dies, daß »Geld« unbedingt als Bezeichnung für einen höchsten Wert gesetzt wird. *Aus »Die Nürnberger Reise«, 1925*

*

Auch der ungeistige, oberflächliche, dem Denken abgeneigte Mensch hat noch jenes uralte Bedürfnis, einen Sinn seines Lebens zu kennen, und wenn er keinen mehr findet, steht das Privatleben unter dem Zeichen wildgesteigerter Selbstsucht und gesteigerter Todesangst.

Aus »Moderne Versuche zu neuen Sinngebungen«, 1926

*

Geld und Macht sind Erfindungen des Mißtrauens.

Aus »Eigensinn«, 1917

*

Mir schiene für sehr viele schwer seelenkranke Menschen der rasche Verlust ihres Vermögens und die Erschütterung ihres Glaubens an die Heiligkeit des Geldes durchaus kein Unglück, sondern die sicherste, ja die einzig mögliche Rettung zu bedeuten, und ebenso scheint mir inmitten unseres heutigen Lebens, im Gegensatz zum alleinigen Kultus der Arbeit und des Geldes der Sinn für das Spiel des Augenblicks, das Offenstehen für den Zufall, etwas durchaus Wünschenswertes, woran wir alle sehr Mangel leiden. *Aus »Kurgast«, 1923*

*

Ich habe Verständnis für eine jugendlich-idealistische Weltanschauung der Verachtung des Geldes. Indessen ist Geld, solange unsere jetzige Gesellschaftsform noch besteht, außer einer blinden und bösen Macht auch noch etwas anderes: es ist der konzentrierte Ertrag von Arbeit, Entbehrung, Sparen, Treue in der Lebensführung. Darum ist jeder Vater, der klein und langsam gespart hat, empfindlich gegen Gebärden der Geldverachtung bei seinen Kindern.

Aus einem Brief vom Herbst 1933 an seinen Sohn Heiner

*

Ich betrachte die materiellen Dinge als Nebensache, nicht nur als »Intellektueller«, sondern auch aus Erfahrung, denn ich habe seinerzeit nach Jahren des Wohlergehens Jahre der Armut erlebt und habe gesehen, daß die materiellen Sorgen zwar nicht angenehm, aber kein

Hindernis waren, um dennoch fleißig, produktiv und oft glücklich zu sein.

Aus einem Brief vom 19.2.1929 an Karl Reichenbach

*

Gesundheit, Tüchtigkeit und gedankenloser Optimismus, lachende Ablehnung aller tiefern Probleme, feistes feiges Verzichten auf aggressive Fragestellung, Lebenskunst im Genießen des Augenblicks – das ist die Parole unsrer Zeit – auf diese Art hofft sie die lastende Erinnerung an den Weltkrieg zu betrügen. Übertrieben problemlos, imitiert amerikanisch, ein als feistes Baby maskierter Schauspieler, übertrieben dumm, unglaubhaft glücklich und strahlend (»smiling«), so steht dieser Mode-Optimismus da, jeden Tag mit neuen strahlenden Blüten geschmückt, mit den Bildern neuer Filmstars, mit den Zahlen neuer Rekorde. Daß alle diese Größen Augenblicksgrößen sind, daß alle diese Bilder und Rekordzahlen bloß einen Tag dauern, danach fragt niemand, es kommen ja stets neue. Und durch diesen etwas allzu hochgepeitschten, allzu dummen Optimismus, welcher Krieg und Elend, Tod und Schmerz für dummes Zeug erklärt, das man sich nur einbilde, und nichts von irgendwelcher Sorge oder Problematik wissen will – durch diesen überlebensgroßen, nach amerikanischem Vorbild aufgezogenen Optimismus wird der Geist zu ebensolchen Übertreibungen gezwungen und gereizt, zu verdoppelter Kritik, zu vertiefter Problematik, zu feindseliger Ablehnung dieses ganzen himbeerfarbenen Kinder-Weltbildes, wie es die Modephilosophien und die illustrierten Blätter spiegeln.

Aus »Gegensätze«, 1928

Jede Sehnsucht nach Beseelung des Lebens ist heute von den herrschenden Mächten verfemt.

Aus einem Brief vom Dezember 1929 an Lutz Everth

*

Wir sehen, daß keine Zivilisation möglich ist ohne Vergewaltigung der Natur, daß der zivilisierte Mensch allmählich die ganze Erde in eine langweilige und blutlose Anstalt aus Zement und Blech verwandelt, daß jeder noch so gute und idealistische Anlauf unweigerlich zu Gewalt, zu Krieg und Schmerzen führt, daß der Durchschnittsmensch das Leben ohne die Hilfe des Genies nicht aushalten würde und dennoch der geschworene Todfeind des Genies ist und immer sein muß.

Aus der Rezension »Gedanken über Lektüre«, Februar 1926

*

Es sind eigentlich nur die »nützlichen« Erfindungen, denen ich abgeneigt bin und mißtraue. Bei diesen angeblich nützlichen Errungenschaften ist immer so ein verfluchter Bodensatz dabei, sie sind alle so schäbig, so ungroßmütig, so kurzatmig, man stößt so schnell auf ihren Antrieb, auf die Eitelkeit oder die Habsucht, und überall hinterlassen diese nützlichen Kulturerscheinungen einen langen Schweif von Schweinerei, von Krieg, von Tod, von verheimlichtem Elend. Hinter der Zivilisation her ist die Erde voll von Schlackenbergen und Abfallhaufen, die nützlichen Erfindungen haben nicht nur hübsche Weltausstellungen und elegante Automobilsalons zur Folge, sondern es folgen ihnen auch Heere von Bergwerkarbeitern mit blassen Gesichtern und elenden Löhnen, es folgen ihnen Krankheiten und Verödung; und daß die Menschheit Dampfmaschinen und Turbinen hat, dafür zahlt sie mit unendlichen Zerstörungen im Bild der Erde und im Bilde des Menschen, dafür zahlt sie mit Zügen im Gesicht des Arbeiters, mit Zügen im Gesicht des Unternehmers, mit Verkümmerungen der Seele, mit Streiken und Kriegen, mit lauter schlimmen und abscheulichen Dingen, während dagegen dafür, daß der Mensch die Violine erfunden, und dafür, daß jemand die Arien im »Figaro« geschrieben hat, keinerlei Preis bezahlt werden muß. Mozart und Mörike haben der Welt nicht viel gekostet, sie waren wohlfeil wie der Sonnenschein, jeder Angestellte in einem technischen Büro kommt teurer. *Aus »Feuerwerk«, erste Fassung 1930*

*

Wenn alle die Verleger, Redaktionen, betriebsamen Literaten usw. keine Maschinen hätten, würde man nicht mit so viel Gewäsch beschossen. Es ist mit den Maschinen wie mit allem: die paar guten und freien Menschen werden gefördert, aber den Millionen Lumpen wird ihr Betrieb ebenfalls erleichtert.

Aus einem Brief vom 16. 1. 1907 an Jakob Schaffner

*

Ein Flugapparat und Projektil zum Mond sind gewiß ergötzliche und freudige Dinge, aber daß durch sie die

Menschen und ihre Beziehungen untereinander wesentlich verändert werden könnten, mögen wir doch angesichts der Weltgeschichte nicht gerne glauben.

Aus der Rezension »Exzentrische Erzählungen«, April 1909

*

In fünfzig Jahren ist die Erde ein Friedhof für Maschinen und die Seele des Raumfahrers identisch mit der Kabine seiner Rakete.

Aus einem Gespräch mit Miguel Serrano, 1953

*

Das, was immer war, bleibt und gilt weiter, und es ist ein besserer Kompaß und Maßstab als die Tagesparolen.

Aus einem Brief vom 23.9.1939 an Ingeborg Seyler

*

Man kann den frohen Fortschrittsglauben nicht teilen und kann dennoch das Gute wünschen und fördern, man kann an die Lösbarkeit von Problemen nicht glauben und kann dennoch ihre vernünftige Behandlung wünschen und ihr dienen.

Aus der Rezension »Bücher der Kultur und Kunst [1]«, Mai 1931

Wirklichkeit und Imagination

Wirklichkeit ist ein Blitz, der in jedem Steine gefangen zuckt. Weckst du ihn nicht, so bleibt der Stein ein Stein, die Stadt eine Stadt, die Schönheit schön, die Langeweile langweilig, und alles schläft den Traum der Dinge, bis du, aus deinen hochgespannten Strömen her, sie mit dem Gewitter »Wirklichkeit« überflutest.

Aus »Das schreibende Glas«, 1921

*

Die Dinge, die wir sehen, sind dieselben Dinge, die in uns sind. Es gibt keine Wirklichkeit als die, die wir in uns haben. Darum leben die meisten Menschen so unwirklich, weil sie die Bilder außerhalb für das Wirkliche halten und ihre eigene Welt in sich gar nicht zu Worte kommen lassen. Man kann glücklich dabei sein. Aber wenn man einmal das andere weiß, dann hat man die Wahl nicht mehr, den Weg der meisten zu gehen.

Aus »Demian«, 1917

*

Es gibt die Wirklichkeit, und an der ist nicht zu rütteln. Wahrheiten aber, nämlich in Worten ausgedrückte Meinungen über das Wirkliche, gibt es unzählige, und jede ist ebenso richtig, wie sie falsch ist.

Aus »Chinesische Legende«, 1959

*

Wie der Abonnent, wenn er die Zeitung überflogen hat, für einen Augenblick die Illusion genießt, er wisse nun in der Welt für vierundzwanzig Stunden Bescheid und es sei im Grunde nichts passiert, als was kluge Redakteure schon in der Donnerstagsnummer teilweise vorausgesagt hätten, ganz ebenso malt und lügt sich jeder von uns jeden Tag und jede Stunde den Urwald der Geheimnisse in einen hübschen Garten oder in eine flache, übersichtliche Landkarte um, der Moralist mit Hilfe seiner Maximen, der Religiöse mit Hilfe seines Glaubens, der Ingenieur mit Hilfe seiner Rechenschieber, der Maler mit Hilfe seiner Palette und der Dichter mit Hilfe seiner Vorbilder und Ideale. *Aus »Geheimnisse«, 1947*

*

Auch noch der geistigste und gebildetste Mensch sieht die Welt und sich selbst beständig durch die Brille sehr naiver, vereinfachender und umlügender Formeln an – am meisten aber sich selbst! Denn es ist ein, wie es scheint, eingeborenes und völlig zwanghaft wirkendes Bedürfnis aller Menschen, daß jeder sein Ich als eine Einheit sich vorstelle … Wenn nun also ein Mensch schon dazu vorschreitet, die eingebildete Einheit des Ichs zur Zweiheit auszudehnen, so ist er schon beinahe ein Genie, jedenfalls aber eine seltene und interessante Ausnahme. In Wirklichkeit aber ist kein Ich, auch nicht das naivste, eine Einheit, sondern eine höchst vielfältige Welt, ein kleiner Sternhimmel, ein Chaos von Formen, von Stufen und Zuständen, von Erbschaften und Möglichkeiten. *Aus »Der Steppenwolf«, 1925-1927*

Jeder von uns lebt so lange leidlich zufrieden und beruhigt in seiner Scheinwelt und auf seiner Landkarte weiter, als er nicht durch irgendeinen Dammbruch oder irgendeine schreckliche Erleuchtung plötzlich die Wirklichkeit, das Ungeheure, schrecklich Schöne, schrecklich Grausige, auf sich einstürzen und sich von ihm ausweglos umarmt und tödlich gepackt fühlt. Dieser Zustand, diese Erleuchtung oder Erweckung, dieses Leben in der nackten Wirklichkeit dauert niemals lang, es trägt den Tod in sich, es dauert jedesmal, wenn ein Mensch von ihm ergriffen und in den furchtbaren Wirbel gestürzt wird, genau so lange, als ein Mensch es eben ertragen kann, und dann endet es entweder mit dem Tode oder mit der atemlosen Flucht ins Nichtwirkliche, ins Erträgliche, Geordnete, Übersehbare zurück.
In dieser erträglichen, lauen, geordneten Zone der Begriffe, der Systeme, der Dogmatiken, der Allegorien leben wir neun Zehntel unsres Lebens. So lebt der kleine Mann zufrieden, ruhig und geordnet, wenn auch vielleicht viel schimpfend, in seinem Häuschen oder seiner Etage, über sich ein Dach, unter sich einen Boden, unter sich ferner ein Wissen von der Vergangenheit, von seiner Herkunft, seinen Ahnen, die beinahe alle so waren und lebten wie er selber, und über sich außerdem noch eine Ordnung, einen Staat, ein Gesetz, ein Recht, eine Wehrmacht – bis das alles plötzlich in einem Augenblick verschwunden und zerrissen ist, Dach und Fußboden zu Donner und Feuer geworden sind, Ordnung und Recht zu Untergang und Chaos, Ruhe und Behagen zu würgender Todesdrohung, bis die ganze so althergebrachte, so ehrwürdige und zuverlässige Scheinwelt in Flammen

und Scherben zerborsten und nichts mehr da ist als das Ungeheure, die Wirklichkeit. Man kann es Gott nennen, das Ungeheure und Unverstehbare, das Schreckliche und durch seine Wirklichkeit so dringlich Überzeugende, aber es ist mit dem Namen auch nichts an Verständnis, an Erklärbarkeit und Ertragbarkeit gewonnen. Die Erkenntnis der Wirklichkeit, die immer nur eine momentane ist, kann durch den Bombenhagel eines Krieges bewirkt werden, durch jene Waffen also, die nach den Worten manches Ministers gerade durch ihre Furchtbarkeit uns einmal nötigen werden, sie in Pflugscharen zu verwandeln; für den Einzelnen genügt oft eine Krankheit, ein in seiner nächsten Nähe geschehenes Unglück, zuweilen aber auch schon eine momentane Änderung seiner Lebensstimmung, ein Erwachen aus schwerem Alptraum, eine schlaflose Nacht, um ihn dem Unerbittlichen gegenüberzustellen und ihm für eine Weile alle Ordnung, alles Behagen, alle Sicherheit, allen Glauben, alles Wissen fragwürdig zu machen.

Aus »Geheimnisse«, 1947

*

In den Momenten, in denen wir nackt der Wahrheit gegenüberstehen, fehlt uns stets die Sicherheit eines guten Gewissens und das Behagen des unbedingten Glaubens an uns selber. Im Augenblick des Wachseins könnte möglicherweise ein Mensch sich töten, niemals aber einen andern. Im Augenblick des Wachseins ist der Mensch stets sehr gefährdet, denn er steht nun offen und muß die Wahrheit in sich einlassen, und die Wahrheit liebenzulernen und als Lebenselement zu empfinden, dazu gehört viel, denn zunächst einmal ist der Mensch Kreatur und steht der Wahrheit durchaus als Feind gegenüber. Und in der Tat ist ja die Wahrheit niemals so, wie man sie sich wünschen und wählen würde, aber immer ist sie unerbittlich.

Aus dem Gedenkblatt »Erinnerung an Hans«, 1936

*

Tragödien sind nie zu verhindern, denn sie sind nicht Unglücksfälle, sondern Zusammenstöße gegensätzlicher Welten. *Aus »Ein Stückchen Theologie«, 1932*

*

Man kommt zu Schaden, wenn man Tatsachen übersieht. *Aus »Berthold«, um 1907*

*

Wer zum Wahrnehmen der Wirklichkeit erwacht ist, ist von den andern unweigerlich geschieden. Dafür hat er die Gemeinschaft, die im Steppenwolf »Die Unsterblichen« heißt.

Aus einem Brief vom August 1948 an Hermann Graupp

*

Das Dümmste, was man sich mit Anstrengung ausdenken mag, wird durch die Wirklichkeit noch weit übertroffen.

Aus einem Brief vom September 1947 an Peter Suhrkamp

Je und je muß auch ein Exemplar von meiner Sorte dasein, sonst stürbe die Revolution und der Kampf der Phantasie gegen die verfluchte »Wirklichkeit« aus.

Aus einem Brief vom 15. 1. 1919 an Wilhelm Schussen

*

Die Klugen und Geschäftigen nennen die Spiele der Phantasie immer gleich »Flucht« und geben damit zu, daß die Wirklichkeit, aus der der dichtende Künstler »flieht«, in der Tat kein wünschenswerter Aufenthalt ist.

Aus der Rezension von Richard Seewald, »Der Sohn Robinsons oder Die vier Jahreszeiten oder Orbis pictus«, Februar 1935

*

Es ist eine alte Erfahrung, daß wir die Probleme, die uns im Innern jeweils beschäftigen, immer wie durch einen Zauber auch in der Außenwelt antreffen. Wer den Plan erwägt, sich ein Haus zu bauen, oder die Notwendigkeit, seine Ehe zu scheiden oder sich operieren zu lassen, der trifft bekanntlich das gleiche Problem und Menschen, die vom selben Problem besessen sind, stets auch auffallend häufig in seiner Umgebung an. Ich habe die gleiche Erfahrung auch mit meiner Lektüre gemacht, nämlich, daß mir in Zeiten, in denen irgendein Lebensproblem mich tief in Anspruch nimmt, mir auch von allen Seiten her Bücher ungesucht in die Hände fallen, in denen eben jenes Problem eine Rolle spielt.

Aus der Rezension »Gedanken über Lektüre«, Februar 1926

Die Scheidung von außen und innen ist unserm Denken gewohnt, ist ihm aber nicht notwendig. Es gibt die Möglichkeit für unsern Geist, sich hinter die Grenze zurückzuziehen, die wir ihm gezogen haben, ins Jenseits. Jenseits der Gegensatzpaare, aus denen unsre Welt besteht, fangen neue, andere Erkenntnisse an.

Aus »Innen und Außen«, 1919

*

Das ist Magie: Außen und Innen vertauschen, nicht aus Zwang, nicht leidend, sondern frei und wollend. Rufe Vergangenheit, rufe Zukunft herbei: beide sind in dir! Du bist bis heute der Sklave deines Innern gewesen. Lerne sein Herr sein. *Aus »Innen und Außen«, 1919*

*

Alles Feindliche verschwindet plötzlich und ist besiegt, sobald es gelingt, die Zeit aus unseren Gedanken auszuschalten. *Aus »Siddhartha«, 1919-1922*

*

Nichts war, nichts wird sein; alles ist, alles hat Wesen und Gegenwart. *Aus »Siddhartha«, 1919-1922*

*

Vielleicht hat der Mensch nächst dem Hunger nach Erlebnis keinen stärkeren Hunger als den nach Vergessen.

Aus »Die Morgenlandfahrt«, 1930/31

Es ist eine bekannte menschliche Schwäche, daß uns ein Gegenstand im Augenblick, wo wir ihn vermissen, übertrieben wertvoll und weniger entbehrlich scheint als jeder, den wir in Händen halten.

Aus »Die Morgenlandfahrt«, 1930/31

*

Was man besitzt, das sieht man nicht und davon weiß man kaum.

Aus dem Gedenkblatt »Erinnerung an Hans«, 1936

*

Wir handeln nicht aus irgendwelchen abstrakten Einsichten und Überlegungen heraus, sondern tun im Grunde alle Schritte unseres Lebens nur aus dem Urgrund unseres Wesens, aus unserm Temperament unserer Rasse, aus unbewußten Antrieben heraus. Dazu suchen wir dann die Weltanschauung, die dazu paßt.

Aus einem Brief vom 22.7.1922 an Theo Wenger

*

Gründe, so scheint mir, sind immer unklar. Kausalität findet im Leben nirgends statt, nur im Denken. Es gibt keine Menschen, die aus »Gründen« handeln, sie bilden sich das bloß ein, und namentlich versuchen sie, im Interesse der Eitelkeit und Tugend, anderen dies einzubilden.

Aus »Die Nürnberger Reise«, 1925

*

Was des einen Menschen Schatz und Weisheit ist, klingt dem andern immer wie Narrheit.

Aus »Die Morgenlandfahrt«, 1930/31

*

Unsere Neigungen haben stets eine erstaunliche Begabung, sich als Weltanschauung zu maskieren.

Aus »Beim Einzug in ein neues Haus«, 1931

*

Ich habe immer gefunden, daß nicht nur ich, sondern auch jene beneidenswerten Menschen, die für ihre Taten Gründe anzugeben wissen, in Wahrheit niemals von diesen Gründen bewegt und begleitet werden, sondern stets von Verliebtheiten, und ich habe nichts dagegen, mich zu dieser Verliebtheit zu bekennen.

Aus »Die Nürnberger Reise«, 1925

*

Wir sollten uns des Urteils darüber enthalten lernen, ob die Welt gut oder schlecht sei, und wir sollten auf diesen seltsamen Anspruch, sie zu verbessern, verzichten.
Oft ist die Welt schlecht gescholten worden, weil der, der sie schalt, schlecht geschlafen oder zuviel gegessen hatte.
Oft ist die Welt seliggepriesen worden, weil der, der sie pries, eben ein Mädchen geküßt hatte.
Die Welt ist nicht da, um verbessert zu werden. Auch ihr seid nicht da, um verbessert zu werden. Ihr seid aber da,

um ihr selbst zu sein. Ihr seid da, damit die Welt um diesen Klang, um diesen Ton, um diesen Schatten reicher sei. *Aus »Zarathustras Wiederkehr«, 1919*

*

Schwer ist es, die Tugenden, die wir haben, nicht zu überschätzen. Schwerer ist es, die Tugenden, die wir gern haben möchten, nicht zu überschätzen. Leicht unterschätzen wir die Leiden der andern. Noch leichter überschätzen wir das Glück der andern.

Aus »In ein Stammbuch geschrieben«, um 1923

*

Der Kleinere sieht am Größeren das, was er eben zu sehen vermag. *Aus »Das Glasperlenspiel«, 1931-1942*

*

Der Mensch ist eine aus hundert Schalen bestehende Zwiebel, ein aus vielen Fäden bestehendes Gewebe. Erkannt und genau gewußt haben dies die alten Asiaten, und im buddhistischen Yoga ist eine genaue Technik dafür erfunden, den Wahn der Persönlichkeit zu entlarven. Lustig und vielfältig ist das Spiel der Menschheit: der Wahn, zu dessen Entlarvung Indien tausend Jahre lang sich so sehr angestrengt hat, ist derselbe, zu dessen Stützung und Stärkung der Okzident sich ebenso viele Mühe gegeben hat.

Aus »Der Steppenwolf«, 1925-1927

Das »Geworfensein«, als das die Philosophie unsrer Tage das Menschenleben bezeichnet, genügt mir nicht, ist ja auch ein nervös-hysterisches Drapieren des Ungenügens ins scheinbar Tragische hinauf. Dabei verliert auch eine hohe Wertbezeichnung wie »tragisch« jeden Wert, und der Mensch wird schon bloß durch sein Geborensein und sein Unvermögen, aus diesem Geborensein etwas Rechtes zu machen, zu einer Art Held.

Aus einem Brief vom Juli 1952 an Peter Suhrkamp

*

Daß die Natur grausam sei, ist doch wohl eine typisch anthropozentrische Auffassung ... Sie existiert, sie ist da und ist tätig, und wir gehören dazu und sind immer dann ganz sicher auf dem Holzweg, wenn wir uns über »die Natur« Gedanken machen und sie als etwas Fremdes und Feindliches empfinden.

Aus einem Brief vom Sommer 1911 an einen Lehrer

*

Es gibt in der Natur keine Sentimentalität.

Aus »Winterferien«, 1928

*

Sentimentalität ist das Sich-Erlaben an Gefühlen, die man in Wirklichkeit nicht ernst genug nimmt, um ihnen irgendein Opfer zu bringen, um sie irgend je zur Tat zu machen.

Aus »Weihnacht«, 1917

Langeweile ist etwas, was die Natur nicht kennt, sie ist eine Erfindung der Städter.

Aus »Wenn es Herbst wird«, 1928

*

Unrein und verzerrend ist der Blick des Wollens. Erst wo wir nichts begehren, erst wo unser Schauen reine Betrachtung wird, tut sich die Seele der Dinge auf, die Schönheit. Wenn ich einen Wald beschaue, den ich kaufen, den ich pachten, den ich abholzen, in dem ich jagen, den ich mit einer Hypothek belasten will, dann sehe ich nicht den Wald, sondern nur seine Beziehungen zu meinem Wollen, zu meinen Plänen und Sorgen, zu meinem Geldbeutel. Dann besteht er aus Holz, ist jung oder alt, gesund oder krank. Will ich aber nichts von ihm, blicke ich nur »gedankenlos« in seine grüne Tiefe, dann erst ist er Wald, ist Natur und Gewächs, ist schön.

Aus »Von der Seele«, 1917

*

Schönheit beglückt nicht den, der sie besitzt, sondern den, der sie lieben und anbeten kann.

»Aus Martins Tagebuch«, 1918

*

Der Reiche könnte wohl, aber er kann nicht.

Aus »Kleine Freuden«, 1899

Mit der Schönheit ist es gerade wie mit der Wahrheit: sie ist eine Offenbarung und an kein Medium besonders gebunden. Der Philister denkt bei »Schönheit« an Raffael und bei »Wahrheit« an die Bibel oder an Kants Werke. Der Verstehende findet Wahrheit überall und ebenso Schönheit. In der einfachsten Lebenserfahrung findet er die ewige Wahrheit und Gesetzmäßigkeit wieder und findet Symbole der Schönheit überall: im Regentropfen, im Schmetterlingsflügel, in der Spinnwebe, in jeder Naturform. *Aus einem Notizbuch, 1909*

*

Jeder Ort, an dem wir eine Weile leben, gewinnt erst einige Zeit nach dem Abschiednehmen eine Form in unserem Gedächtnis und wird zu einem Bild, das unveränderlich bleibt. Solange wir da sind und alles vor Augen haben, sehen wir noch das Zufällige und das Wesentliche fast gleich betont, erst später erlischt das Nebensächliche. Unsere Erinnerung behält nur das, was des Behaltens wert ist; wie könnten wir sonst ohne Angst und Schwindelgefühl auch nur ein Jahr unseres Lebens überschauen! *Aus »Kastanienbäume«, 1904*

*

Unsere Seele hat einen Zauber in sich, dem wir vertrauen dürfen, sie sucht das Ganze und ist bestrebt, jede Lücke, jeden Mangel auszugleichen. Sie ist bestrebt, jede Unfähigkeit durch eine erhöhte Leistung auf einem anderen Gebiet wettzumachen, und die zartesten, innigsten, holdesten Töne spielt sie im empfindlichsten, schwächsten, glücklosesten Menschen, um das Leben zu preisen, um ja zu sagen, um Gott zu loben.

Aus »Ein Wort über Heinrich Leuthold«, 1922

*

Sinn und Wesen sind nicht irgendwo hinter den Dingen, sie sind in ihnen, in allem.

Aus »Siddhartha«, 1919-1922

*

Nichts ist wichtig, nichts ist unwichtig, das Leben ist ein Schattenspiel, aber die Spiegelbilder der Dinge in unseren Seelen haben eine tiefe, unheimliche Realität.

Aus einer Rezension von Hugo von Hofmannsthal, »Der weiße Fächer«, April 1908

*

Es gibt Millionen Gesichter der Wahrheit, aber nur eine Wahrheit.

Aus dem Gedenkblatt »Erinnerung an Hans«, 1936

*

Die Einheit, die ich hinter der Vielheit verehre, ist keine langweilige, keine graue, gedankliche, theoretische Einheit. Sie ist ja das Leben selbst voll Spiel, voll Schmerz, voll Gelächter.

Aus »Kurgast«, 1923

Ich habe das Unglück, daß ich mir selber stets widerspreche. Die Wirklichkeit tut das immer, bloß der Geist tut es nicht und die Tugend nicht. Zum Beispiel nach einem scharfen Marsch im Sommer kann ich vom Verlangen nach einem Becher voll Wasser völlig besessen sein und Wasser für das wunderbarste Ding in der Welt erklären. Eine Viertelstunde später, wenn ich getrunken habe, ist nichts auf Erden mir so uninteressant wie Wasser und Trinken. Ebenso halte ich es mit dem Essen, mit dem Schlafen, mit dem Denken. Mein Verhältnis zum sogenannten »Geist« zum Beispiel ist genau dasselbe wie das zum Essen oder Trinken. Manchmal gibt es nichts in der Welt, was mich so heftig anzieht und mir so unentbehrlich scheint wie der Geist, wie die Möglichkeit der Abstraktion, der Logik, der Idee. Dann wieder, wenn ich davon satt bin und das Gegenteil brauche und begehre, ekelt aller Geist mich an wie verdorbenes Essen. Ich weiß aus Erfahrung, daß dies Verhalten für willkürlich und charakterlos, ja, für unerlaubt gilt, doch habe ich nie verstehen können, warum? Denn ebenso wie ich zwischen Essen und Fasten, Schlafen und Wachen beständig abwechseln muß, muß ich auch zwischen Natürlichkeit und Geistigkeit, zwischen Erfahrung und Platonismus, zwischen Ordnung und Revolution, zwischen Katholizismus und Reformationsgeist beständig hin und her pendeln. Daß ein Mensch sein Leben lang immer und immer den Geist verehren und die Natur verachten kann, immer Revolutionär und niemals Konservativer sein kann oder umgekehrt, das scheint mir zwar sehr tugendhaft, charaktervoll und standhaft, aber es scheint mir auch ebenso fatal, widerlich und verrückt, als wenn einer immerdar essen oder immerdar nur schlafen wollte. Und doch beruhen alle Parteien, politische und geistige, religiöse und wissenschaftliche, auf der Voraussetzung, ein so verrücktes Verhalten sei möglich, sei natürlich!

Aus »Kurgast«, 1923

*

Die Welt ist außerhalb der Irrenhäuser nicht minder drollig als drinnen.

Aus einem Brief vom 17.1.1926 an Hildegard Jung-Neugeboren

*

Ich weiß von Geistern gar nichts, ich lebe in meinen Träumen. Die anderen Leute leben auch in Träumen, aber nicht in ihren eigenen, das ist der Unterschied.

Aus »Demian«, 1917

*

Ich habe mich für Geister nie interessiert und habe darum auch nie einen angetroffen, ich bin aber überzeugt, daß ich es nur wünschen bräuchte, so würden sie in Scharen kommen. Ich glaube aber nicht, daß sie interessanter sind als andere Leute.

Aus einem Brief vom 17.1.1926 an Hildegard Jung-Neugeboren

*

Es braucht zu viel Metaphysik, um das Unmögliche als einfach und selbstverständlich zu deuten. Nicht meine Sache. *Aus einem Brief vom 17.2.1944 an Ludwig Renner*

*

Die Magie des Traumes versagt am Tage oft, weil auch noch der beste Träumer die Außenwelt im Wachen wichtiger nimmt, als er sollte. Die Verrückten können das besser; sie erklären sich für Kaiser und die Zelle für ihr Schloß, und alles stimmt wunderbar.
Die Außenwelt umzaubern können, ohne doch verrückt zu werden, das ist unser Ziel. Es ist nicht leicht, dafür aber ist wenig Konkurrenz da.

Aus einem Brief vom Juni 1929 an Olga Diener

*

Niemand träumt, was ihn nicht angeht.

Aus »Demian«, 1917

*

Der Traum ist das Loch, durch das du in den Inhalt deiner Seele siehst, und dieser Inhalt ist die Welt ... die ganze Welt von deiner Geburt bis heute, von Homer bis Heinrich Mann, von Japan bis Gibraltar, vom Sirius bis zur Erde, vom Rotkäppchen bis zu Bergson.

Aus »Vom Bücherlesen«, 1920

*

Beim Schlafengehen

Nun der Tag mich müd gemacht,
Soll mein sehnliches Verlangen
Freundlich die gestirnte Nacht
Wie ein müdes Kind empfangen.

Hände laßt von allem Tun,
Stirn vergiß du alles Denken,
Alle meine Sinne nun
Wollen sich in Schlummer senken.

Und die Seele unbewacht
Will in freien Flügen schweben,
Um im Zauberkreis der Nacht
Tief und tausendfach zu leben.

1911

*

Auch ohne bis zu einer rationalen Deutung vorzudringen, kann man aus seinen Träumen manchen Wink, manchen Antrieb und manche Warnung bekommen. Es bedeutet schon viel, wenn man überhaupt auf ihre Stimme hört und etwas von ihrer Magie mit in das Tagesleben nimmt. *Aus einem Brief von Ende Juli 1954 an eine Leserin in den USA*

*

Natürlich haben beide recht ... Optimisten und Pessimisten. Nur halte ich erstere für gefährlicher, denn ich kann ihr heftiges Zufriedensein und sattes Lachen nicht sehen, ohne mich an jenes Jahr 1914 zu erinnern und an jenen angeblich so gesunden Optimismus, mit welchem damals ganze Völker alles herrlich und entzückend fanden und jeden Pessimisten an die Wand zu stellen drohten, der daran erinnerte, daß Kriege eigentlich ziemlich gefährliche und gewaltsame Unternehmungen seien und daß es vielleicht auch betrüblich enden könnte. Nun, die Pessimisten wurden teils ausgelacht, teils an die Wand gestellt, und die Optimisten feierten die große Zeit, jubelten und siegten jahrelang, bis sie sich und ihr ganzes Volk gründlich müde gejubelt und müde gesiegt hatten und plötzlich zusammenbrachen, und nun von den einstigen Pessimisten getröstet und zum Weiterleben ermuntert werden mußten. Ich kann jene Erfahrung nie ganz vergessen.

Nein, natürlich haben wir Geistigen und Pessimisten nicht Recht, wenn wir unsre Zeit nur anklagen, verurteilen oder belächeln. Aber sollten nicht am Ende auch wir Geistigen (man nennt uns heute Romantiker, und meint damit nichts Freundliches) ein Stück dieser Zeit sein und ebensogut das Recht haben, in ihrem Namen zu sprechen und eine Seite von ihr zu verkörpern, wie die Preisboxer und die Automobilfabrikanten? Unbescheiden bejahe ich mir diese Frage.

Aus »Gegensätze«, 1928

*

Der Künstler hat nicht die Aufgabe, irgendeine allgemein anerkannte Weltanschauung zum Ausdruck zu bringen, sondern seine eigene, einmalige Art von Leben und Erfahrung so kraftvoll und entschieden wie möglich auszudrücken. Man kann optimistisch oder pessimistisch denken – erst wenn dies Denken seinen scharfen, voll gespannten Ausdruck findet, wird es für andere von Belang. Und da sehen wir, daß oft sehr pessimistisch empfundene Dichtungen oder andere Kunstwerke uns beglücken und lieb werden können.

Aus einem Brief vom 27. 2. 1928 an Cuno Amiet

*

Es gibt Fälle, wo der edlere Mensch sich gegen die Brutalität des Schicksals überhaupt nicht anders retten kann als durch Einbau einer Isolierschicht gegen die Welt. Diese Schicht nennt das Volk dann Wahnsinn; der größte vorbildliche Fall dieser Art war Hölderlin.

Aus einem Brief, 1941 an Edmund Natter

*

Bei Disputen gewinnt immer der Optimist.

Aus einem Brief vom 16. 3. 1926 an Eugen Link

Lesen und Bücher

Solange eine Zivilisation existiert, wird es stets eine gewisse Zahl von Menschen geben, welche im Sinn eines edlen Luxus nicht nur bei Gegenständen der allgemeinen Mode mit Eifer das Vollkommene und Höchstwertige suchen, sondern auch bei Büchern.

Aus »Die Offizina Bodoni in Montagnola«, 1923

*

Ein Buch lesen heißt für den guten Leser: eines fremden Menschen Wesen und Denkart kennenzulernen, ihn zu verstehen suchen, ihn womöglich zum Freund zu gewinnen. *Aus »Bücherlesen und Bücherbesitzen«, 1908*

*

Warum soll man sich nicht mit Büchern unterhalten? Sie sind oft ebenso klug wie Menschen und oft ebenso spaßhaft, und sie drängen sich weniger auf.

Aus der Rezension »Lektüre am Winterabend«, November 1920

*

Nach meiner Erfahrung gibt es für Ferienzeiten gar keinen schöneren Vorsatz als den, keine Zeile zu lesen und nachher nichts Hübscheres, als bei guter Gelegenheit dem guten Vorsatz mit einem wirklich schönen Buch untreu zu werden. *Aus der Rezension »Ferienlektüre«, Juli 1910*

Je mehr mit der Zeit gewisse Unterhaltungs- und gewisse volkstümliche Belehrungsbedürfnisse durch andere Erfindungen werden befriedigt werden können, desto mehr wird das Buch an Würde und Autorität zurückgewinnen ... Wir haben heute den Punkt noch nicht ganz erreicht, wo die jungen Konkurrenzerfindungen wie Radio, Film und so weiter dem gedruckten Buch gerade jenen Teil seiner Funktionen abnehmen, um den es nicht schade ist.

Aus »Magie des Buches«, 1930

*

Es ist wohl möglich und sogar wahrscheinlich, daß dem Film beinahe alle die Aufgaben zufallen, die bisher Aufgaben der Literatur waren, und für lange Zeit kaum noch jemand imstande sein wird, ein Buch zu lesen. Aber ich würde, was mich betrifft, auch dann noch mich der Verfilmung meiner Bücher widersetzen, und es würde mich keine Anstrengung kosten, der Verlockung des Weltruhms oder des Geldes standzuhalten, denn je bedrohter die Dichtung und die Sprache als Kunstmittel ist, desto mehr wird sie mir teuer.

Aus einem Brief vom Mai 1950 an Felix Lützkendorf

*

Ich weiß, wenn ich mich in ein schönes Buch verliere, so tue ich Besseres, Klügeres, Wertvolleres, als alle Minister und Könige dieser Welt seit Jahren getan haben. Ich baue, wo sie zerstören – ich sammle, wo sie zerstreuen – ich lebe Gott, wo sie ihn leugnen oder kreuzigen.

Aus »Herbstabend im Studierzimmer«, 1918

Wir sehen jedes Jahr Tausende und Tausende von Kindern in die erste Schulklasse gehen, die ersten Buchstaben malen, die ersten Silben entziffern, und sehen immer wieder, wie für den Großteil der Kinder das Lesenkönnen sehr rasch etwas Selbstverständliches und Ungeschätztes wird, während andere von Jahr zu Jahr und Jahrzehnt zu Jahrzehnt bezauberter und erstaunter von dem Zauberschlüssel Gebrauch machen, den die Schule ihnen mitgegeben hat. Denn wenn auch heute das Lesenlernen jedem zuteil wird, so merken doch immer nur wenige, was für ein mächtiger Talisman ihnen da in die Hand gedrückt wurde.

Das Kind, stolz auf seine jungen Buchstabenkenntnisse, erobert sich die Lektüre eines Verses oder Spruches, dann die Lektüre einer ersten kleinen Geschichte, eines ersten Märchens, und während die Nichtberufenen ihr Lesenkönnen bald nur noch an dem Nachrichten- oder Handelsteil ihrer Zeitungen erproben, bleiben die wenigen noch immer von dem sonderbaren Wunder der Buchstaben und Worte behext (deren ja jedes einst ein Zauber, eine magische Formel gewesen ist). Aus diesen wenigen werden die Leser.

Aus »Magie des Buches«, 1930

*

Von den vielen Welten, die der Mensch nicht von der Natur geschenkt bekam, sondern sich aus eigenem Geist erschaffen hat, ist die Welt der Bücher die größte.

Aus »Magie des Buches«, 1930

Keineswegs etwa »zerstreuen« soll uns das Lesen, sondern vielmehr sammeln, nicht über ein sinnloses Leben uns hinwegtäuschen und mit einem Scheintrost betäuben, sondern unserem Leben im Gegenteil einen immer höheren, volleren Sinn geben helfen.

Aus »Eine Bibliothek der Weltliteratur«, 1927

*

Am höchsten werden uns immer jene Werke stehen, von welchen wir uns ebenso menschlich bestärkt wie ästhetisch befriedigt fühlen. Und der ideale Autor wäre der, bei welchem sowohl Talent wie Charakter ein Maximum darstellte. Nun ist es niemandem gegeben, seine eigene Natur wesentlich zu steigern. Der einzige Weg zu einer solchen Steigerung liegt für den Künstler eben im Ringen nach einer möglichsten Angleichung von Talent und Charakter ... Jenen Einklang von Talent und Charakter kann man einfacher als Treue zum eigenen Wesen bezeichnen. Wo wir sie finden, haben wir Vertrauen. Wir sehen nur mit Mißbehagen zu, wenn ein biederer Erzähler ohne Not witzig zu sein versucht. Aber wir lieben und bewundern an einem starken Dichter den Aufstieg zum Humor, und der Schwächere, intellektuell Überlastete bleibt uns lieb und wert, wenn wir ihn den Notausgang in die Ironie gewinnen sehen.

Aus »Deutsche Erzähler«, 1915

*

Diejenigen, welchen die Zauber der Bücherwelt überhaupt versagt blieben, denken darüber ähnlich wie die Unmusikalischen über die Musik und neigen nicht selten dazu, das Lesen als eine krankhafte und gefährliche Leidenschaft anzuklagen, die zum Leben untauglich mache. Natürlich haben sie ein klein wenig recht; obwohl immerhin erst festgestellt werden müßte, was man unter »Leben« versteht und ob es wirklich nur als Gegensatz zum Geist denkbar sei, und obwohl die große Mehrzahl der Denker und Lehrer, von Konfuzius bis zu Goethe, eigentlich ganz erstaunlich lebenstüchtige Menschen gewesen sind. Immerhin, die Bücherwelt hat ihre Gefahren, sie sind den Erziehern wohlbekannt. Ob diese Gefahren größer sind als die Gefahren eines Lebens ohne die Weltweite der Bücher, darüber nachzudenken habe ich bis heute keine Zeit gefunden. Ich bin nämlich selber ein Leser, ich bin einer von den seit Kinderzeiten Verhexten und würde, wenn es mir ginge wie dem Mönch von Heisterbach, mich in die Tempelräume und Irrgänge, Höhlen und Ozeane der Bücherwelt für einige hundert Jahre verlieren können, ohne ein Kleinerwerden dieser Welt zu bemerken. *Aus »Magie des Buches«, 1930*

*

Die Bücher sind nicht dazu da, unselbständige Menschen noch unselbständiger zu machen, und sie sind noch weniger dazu da, lebensunfähigen Menschen ein wohlfeiles Trug- und Ersatzleben zu liefern. Im Gegenteil, Bücher haben nur einen Wert, wenn sie zum Leben führen und dem Leben dienen und nützen, und jede

Lesestunde ist vergeudet, aus der nicht ein Funke von Kraft, eine Ahnung von Verjüngung, ein Hauch von neuer Frische sich für den Leser ergibt.

Aus »Über das Lesen«, 1911

*

Bücher

Alle Bücher dieser Welt
Bringen dir kein Glück,
Doch sie weisen dich geheim
In dich selbst zurück.

Dort ist alles, was du brauchst,
Sonne, Stern und Mond,
Denn das Licht, danach du frugst,
In dir selber wohnt.

Weisheit, die du lang gesucht
In den Büchereien,
Leuchtet jetzt aus jedem Blatt –
Denn nun ist sie dein.

1918

*

Man soll vom Lesen, wie von jedem Schritt und Atemzug im Leben, etwas erwarten, man soll Kraft hingeben, um reichere Kraft dafür zu ernten, man soll sich verlieren, um sich bewußter wiederzufinden.

Aus »Über das Lesen«, 1911

Sich zum Lesen und Verstehen zu zwingen, wo man sich nicht ernstlich angezogen fühlt, halte ich nicht für richtig.

Aus einem Brief vom 28. 2. 1945 an Otto Basler

*

Es rächt sich, wenn man Dinge, die einem eigentlich nicht recht gefallen und nicht recht verständlich sind, aus Bildungsgetue dennoch schön findet.

Aus der Rezension »Ein Hodlerwerk«, Juli 1915

*

Jeder hat das volle Recht, das nicht zu lesen, was ihm nicht zugänglich ist und in ihm auf Widerstände stößt. Nur ist natürlich dann auch der Verzicht auf endgültige Urteile nötig.

Aus einem Brief vom April 1948 an Johanna Attenhofer

*

Jeder Leser liest anders, liest mit seinem Charakter, seinem Verstand, seinem Lebensalter, seinen Sorgen und Anliegen, und nimmt von dem Gelesenen das in sich auf, was er brauchen kann. Das Buch, das den einen Leser einschläfert, kann einen andern aufrütteln. Kurz, die Wirkung eines Buches ist etwas vom Autor Abgelöstes. Was er beim Schreiben etwa gewollt und beabsichtigt hat, kann beim Leser zuweilen grade das Gegenteil bewirken, etwa wie ein Pfarrer mit seiner Predigt oder ein Festredner mit seiner patriotischen Ansprache je nachdem die Hörer belehren oder erziehen und anfeuern oder auch nur langweilen kann.

Aus einem Brief vom 27. 1. 1961 an Frau O. Eggimann

*

Je differenzierter, je feinfühliger und beziehungsreicher wir zu lesen verstehen, desto mehr sehen wir jeden Gedanken und jede Dichtung in ihrer Einmaligkeit, in ihrer Individualität und engen Bedingtheit, und sehen, daß alle Schönheit, aller Reiz gerade auf dieser Individualität und Einmaligkeit beruht – und zugleich glauben wir dennoch immer deutlicher zu sehen, wie alle diese hunderttausend Stimmen der Völker nach demselben Ziele streben, unter anderem Namen dieselben Götter anrufen, dieselben Wünsche träumen, dieselben Leiden leiden. Aus dem tausendfältigen Gespinst unzähliger Sprachen und Bücher aus mehreren Jahrtausenden blickt in erleuchteten Augenblicken den Leser eine wunderlich erhabene und überwirkliche Chimäre an: das Angesicht des Menschen, aus tausend widersprechenden Zügen zur Einheit gezaubert.

Aus »Magie des Buches«, 1930

*

Gedankenloses, zerstreutes Lesen ist geradeso wie Spazierengehen in schöner Landschaft mit verbundenen Augen. Wir sollen auch nicht lesen, um uns und unser tägliches Leben zu vergessen, sondern im Gegenteil, um desto bewußter und reifer unser eigenes Leben wieder in feste Hände zu nehmen. Wir sollen zu Büchern kommen nicht wie ängstliche Schüler zu kalten Lehrern und auch nicht wie Nichtsnutze zur Schnapsflasche, sondern wie Bergsteiger zu den Alpen und wie Kämpfer ins Arsenal, nicht als Flüchtige und zum Leben Unwillige.

Aus »Über das Lesen«, 1911

*

Lesen lernen im höheren Sinne kann man nicht aus Zeitungen und nicht aus zufälliger Tagesliteratur, sondern nur aus Meisterwerken. Sie schmecken oft weniger süß und weniger pikant als die Modelektüre. Sie wollen ernst genommen werden, sie wollen erworben sein ... Ehe die Meisterwerke sich an uns bewähren, müssen wir uns erst an ihnen bewähren.

Aus »Eine Bibliothek der Weltliteratur«, 1927

*

Unter leidlich gesunden Menschen, denen der Zweifel an sich selber fremd ist, wird der Leidenschaftliche am Dichter die Leidenschaftlichkeit, der Gescheite die Gescheitheit, der Gütige die Güte lieben; unter schlechter balancierten Lesern wird sehr häufig das Gegenteil eintreten, daß der stark Geistige nach naiver Sinnlichkeit, der Unbeherrschte nach beherrschter Kühle hungert.

Aus »Deutsche Erzähler«, 1914

*

Wir nehmen von außen nur das auf, wozu wir zur Zeit gestimmt und präpariert oder prädestiniert sind, darum wirkt oft eine Dichtung heute auf uns sehr stark, die wir vorgestern als etwas uns Fremdes ablehnten. Ich habe da mit Lesern oft wunderliche Sachen erlebt. Es gibt viele, die eine Zeitlang einen bestimmten Dichter lieben und brauchen, und einzelne davon schreiben ihm dann auch gelegentlich. Und so haben manche junge Leute, nachdem sie eine Zeitlang mir oft und herzlich geschrieben hatten, beim Eintritt in eine andere Stufe ihres Lebens mich plötzlich nicht mehr brauchen können, sie entdeckten plötzlich ganz andere Weisheiten und sahen nicht nur mit einem gewissen Mitleid auf den Dichter herab, der ihnen bis vor kurzem noch als Begleiter und Ratgeber oder Spiegel gedient hatte, und manche von ihnen hatten auch das Bedürfnis, mir das zu sagen und durch eine Absage an mich selber zu rechtfertigen. Doch ist, freilich sehr selten, einigemal auch noch das Weitere passiert: daß ein solcher Leser viele Jahre, nachdem er sich energisch und unwirsch von mir abgewandt hatte, mich plötzlich wiederentdeckte, mir nochmals schrieb und nochmals neu in ein Verhältnis zu mir trat.

Aus einem Brief vom November 1936
an einen unbekannten Leser

*

Je mehr Autor und Leser Persönlichkeiten sind, desto weniger können sie sich einfach decken.

Aus einer Postkarte um 1945
an einen unbekannten Empfänger

Wenn jemals ein Dichterwort Sie in Konflikt mit Ihrem Gewissen bringen sollte, dann werfen Sie das Wort weg und folgen Sie dem Gewissen.

Aus einem Brief vom Mai 1957 an Max Bürklin

*

Bücher, die nirgends Widerspruch wecken und keinen Dogmen ihrer Zunft auf die Zehen treten, geben uns selten viel und Wichtiges.

Aus der Rezension »Neues für Liebhaber guter Bücher«, Juli 1915

*

Wer sich einem Autor, einem Lehrer, einer Lehre blind und gern hingibt und unterwirft, wer den Helden einer Dichtung nachahmt, statt sich von ihm auf dem eigenen Weg bestärken zu lassen, der wäre auch ohne Buch und Autor kein Eigener und Eigensinniger geworden. Und wenn die Leute schon die Sehnsucht nach Gleichschaltung haben, dann ist es ja doch besser, wenn sie Lehren der Gewaltlosigkeit annehmen als das Gegenteil.

Aus einem Brief vom November 1951 an Werner Bermig

*

Ein wahrhaft guter Leser ist viel mehr als hunderttausend oberflächliche. Daher sind auch die Unternehmungen, Siege und Gründungen der Diktatoren, Eroberer etc. so wenig haltbar, die alle nur der Quantität gelten und mit Hilfe der Quantität gemacht werden.

Aus einem Brief vom 20. 1. 1943 an Otto Basler

Die Feinde der guten Bücher und des guten Geschmacks sind nicht die Bücherverächter oder Analphabeten, sondern die Vielleser.

Aus der Rezension »Ferienlektüre«, Juli 1910

*

Den neuesten Roman des neuesten Modeautors nicht zu kennen halten viele für eine Schande, während sie zeitlebens die »alten Schmöker« Schmöker sein lassen und nicht einmal ahnen, wieviel im Neuesten und Beliebtesten nichts als eilig aufgewärmtes und für neu serviertes Altes ist.

Aus der Rezension »Alter Wein in neuen Schläuchen«, November 1907

*

Wenn die Verleger-Reklamen recht hätten, wären ja Shakespeare, Jean Paul, Gottfried Keller neben der Mehrzahl heutiger Autoren nur arme Waisenknaben.

Aus der Rezension »Neue Erzählungsliteratur«, Januar 1905

*

Wenn Gedanken besonders stark auf Menschen wirken, so sind es meist alte Gedanken, wenn auch in neuen Kleidern. *Aus einem Brief vom 1.3.1939 an Gunter Böhmer*

*

Wir finden zwischen dem Bild, das die Presse vom geistigen Leben gibt, und diesem Leben selbst gewaltige Unterschiede. Wir finden, oft durch viele Jahre, Namen und Werke wichtig genommen und eingehend besprochen, welche auf keine einzige Schicht des Volkes die geringste Wirkung tun, und finden Autoren und Werke totgeschwiegen, die starken Einfluß auf Leben und Stimmung des Tages haben. Auf keinem Gebiet der Technik oder der Wirtschaft ließe ein Volk sich eine so willkürliche und ahnungslose Berichterstattung gefallen. Es wird im Sport- oder Handelsteil einer durchschnittlichen Zeitung sehr viel sachlicher und gewissenhafter gearbeitet als im Feuilleton; schöne Ausnahmen hier und da seien mit Anerkennung zugegeben.

Aus »Notizen zum Thema Dichtung und Kritik«, 1930

*

Nicht weniger wichtig als die Welt- und Zeitdeutungen heutiger Denker sind für die Gegenwart die Neuausgaben, Bearbeitungen, Auswahlen der bewährten älteren Literatur. Die Art, wie eine Generation das geistige Erbe verwaltet, ist eins der wichtigeren Symptome ihrer Kultur.

Aus der Rezension »Notizen zu neuen Büchern«, Dezember 1934

*

Was irgend an geistigen Gütern anderer Zeiten und Völker zugänglich war, haben die Deutschen übersetzt, bearbeitet, popularisiert, und so sind wir, zuweilen auf

Kosten unserer eigenen Dichtung, zu einer kosmopolitischen Auffassung der Literatur gekommen, wie kaum ein anderes Volk sie hat.

Aus dem Geleitwort zur Buchreihe »Deutsche Bibliothek«, 1931

*

Ein altes Buch ist immer tröstlich, das redet so aus der Ferne her, man kann zuhören oder nicht, und wenn plötzlich mächtige Worte aufblitzen, so nimmt man sie nicht wie aus einem Buch von heute, nicht von einem so und so genannten Verfasser, sondern wie aus erster Hand, wie einen Möwenschrei und einen Sonnenstrahl.

Aus »Am Ende des Jahres«, 1904

*

Nicht zwei von tausend Büchern vermögen das Gefühl zu erwecken, nicht einen Autor, sondern die Dinge selbst reden zu hören.

Aus der Rezension »Neue Erzähler«, März 1908

*

Es gibt Bücher, deren Lektüre Arbeit ist und Kräfte raubt, und andere wenige, deren Lektüre Erholung und Jungwerden bedeutet.

Aus der Rezension »Lebensmorgen«, November 1905

*

Daß Autoren meist nicht so schön und wohlbeschaffen sind wie ihre Bücher, sehe ich leider an mir selber.

Aus einem Brief vom 24. 1. 1907 an Jakob Schaffner

*

Hinter dem »Inhalt« einer Dichtung steht Kunst und Arbeit, ja sie wird, je besser man liest, desto mehr zum eigentlichen Inhalt.

Aus einem Brief vom Januar 1950 an K. H. Diepenbrück

*

Alles, was untergegangen scheint, kann einmal wiederkommen. Wir lesen und lieben heute manche ältere Dichter, von welchen unsre Väter kaum noch die Namen kannten und über die sie die Achseln zuckten, und wir haben Dichter vergessen und zucken über sie die Achseln, die noch vor einer Generation in den Klassikerkatalogen obenan gestanden haben. Der Schatz einer Nation an Kunst und Dichtung ist wie der Schatz eines Einzelnen an Erinnerungen und Erfahrungen: keine geht je völlig unter, jede kann zu jeder Zeit wieder neu und aktuell werden, obwohl das, was sich momentan im Bewußtsein spiegelt, immer nur ein millionster Teil des ganzen Besitzes ist. *Aus der Würdigung »Wilhelm Heinse«, Januar 1926*

*

Es muß doch stets wieder daran erinnert werden, daß Bildung und Geschmack in literarischen Dingen ganz wohl ohne viele moderne Lektüre existieren können, niemals aber ohne ein Vertrautsein mit dem Besten den älteren Literaturen. Es sind Modeaffen, die das Lesen des allerneuesten Romans für eine Bildungsnotwendigkeit halten, während Goethe ihnen so fremd wie Homer ist. Kein Mensch braucht deshalb »alle Klassiker« gelesen zu haben; im Gegenteil: je höher die Bildung (also das Selbstbewußtsein, das Gefühl der eigenen Persönlichkeit), desto rascher und sicherer schaltet jeder das ihm nicht Gemäße aus, desto durchdringender aber erfaßt er auch alles, was ihm verwandt ist.

Aus der Rezension »Billige Geschenkbücher«, November 1907

*

Wer etwa drei, vier von unseren besten Autoren vollständig und wiederholt gelesen hat, ist reicher und hat mehr gelernt, als wer in unruhiger Neugierde eine Menge von Proben und Bruchstücken aus den Literaturen aller Zeiten und Länder verschlungen hat.

Aus »Der Umgang mit Büchern«, 1903

*

Jede Dichtung hat mehr Wirkungsmöglichkeiten und Aspekte, als der Autor selbst weiß.

Aus einem Brief vom Januar 1946 an Karl Schmidt

*

Die Gesetze, nach welchen völlig vergessene Zeiten und ihre Dichter plötzlich wieder auftauchen, gedruckt und gelesen, ja Mode werden können, sind dieselben wie die Gesetze, nach denen sich die literarische Mode und Produktion unserer eigenen Zeit wandelt, mit dem ewigen Bedürfnis nach Neuheit, nach neuem Rhythmus für das alte Lied, neuem Ausdruck für den alten Inhalt.

Aus der Rezension »Einige Neuausgaben alter Dichtungen«, Dezember 1925

*

Man stößt immer wieder auf den Einwand, Sachen von großen Dichtern gehören nicht vor die »Vielzuvielen«, wie Perlen nicht vor die Säue. Aber das ist Geschwätz. Die etwaige Gefahr der Wirkung einer guten Dichtung auf Naive ist zumindest nicht so groß als die der Zeitung, die jeder in die Hand bekommt.

Aus der Rezension »Billige Bücher«, November 1908

*

Von jedem Buch, das wir lesen, wird unser innerer Kompaß abgelenkt; jeder fremde Geist zeigt uns, von wieviel anderen Punkten aus man die Welt betrachten kann. Langsam beruhigt sich dann die Schwankung, die Nadel kehrt zur alten Richtung zurück, die jedem von uns seinem Wesen nach eigen ist. So ging es mir in einer Lesepause. Man kann ja viel lesen, und ein beiseite lebender Bücherfreund verzehrt die Bücher und Meinungen wie der Gesellschaftsmensch die Menschen – man wundert sich oft, wie viel davon man vertragen kann. Aber dann muß man einmal wieder alles wegwerfen und eine Weile durch den Wald laufen, dem Wetter und den Blumen, den Nebeln und Winden nachspüren und in sich den stillen Punkt wiederfinden, von wo aus die Welt zur Einheit wird. *Aus der Rezension »Lektüre am Winterabend«, November 1920*

*

Man findet heute viele junge Menschen, denen es lächerlich und unwürdig scheint, statt lebendigen Lebens Bücher zu lieben, sie finden, dafür sei unser Leben allzu kurz und allzu wertvoll, und finden dennoch Zeit, sechsmal in der Woche viele Stunden bei Kaffeehausmusik und Tanz hinzubringen.

Aus »Eine Bibliothek der Weltliteratur«, 1927

*

Wer sich in der unsterblichen Welt der Bücher etwas heimisch gemacht hat, der wird bald nicht nur zum Inhalt der Bücher, sondern zum Buch selbst in ein neues Verhältnis treten. Daß man Bücher nicht nur lesen, sondern auch kaufen solle, ist eine häufig gepredigte Forderung, und als alter Bücherfreund und Besitzer einer nicht kleinen Bibliothek kann ich aus Erfahrung versichern, daß das Bücherkaufen nicht bloß dazu dient, die Buchhändler und Autoren zu füttern, sondern daß der Besitz von Büchern (nicht bloß ihre Lektüre) seine ganz eigenen Freuden und seine eigene Moral hat. Eine Freude kann es zum Beispiel sein und ein entzückender Sport, bei sehr knappen Geldverhältnissen, unter Benutzung der billigsten Volksausgaben und beständigem Studium vieler Kataloge, sich klug, zäh und listig allmählich, allen Schwierigkeiten zum Trotz, eben doch eine schöne kleine Bücherei zu schaffen. Umgekehrt gehört es für den gebildeten Reichen zu den ganz ausgesuchten Freuden, von jedem Lieblingsbuch die beste, die schönste Ausgabe aufzutreiben, seltene alte Bücher zu sammeln und seinen Büchern dann eigene, schöne, liebevoll ausgedachte Einbände zu geben. Hier stehen, vom sorgsamen Anlegen des Spargroschens bis zum höchsten Luxus, viele Wege, viele Freuden offen. *Aus der Rezension »Bücher für Weihnachten«, Dezember 1930*

*

Im Grunde ist jeder rechte Leser auch ein Bücherfreund. Denn wer ein Buch mit dem Herzen aufzunehmen und liebzuhaben weiß, will es womöglich auch zu eigen haben, wiederlesen, besitzen, immer in der Nähe und erreichbar wissen.

Aus »Bücherlesen und Bücherbesitzen«, 1908

*

So liest man dies und jenes, und kämpft sich eine Weile durch die Welt der ewigen Probleme, deren jedes nie zu lösen, nur zu erleben ist, und am Ende wirft uns das Leben immer wieder an eine Stelle, wo wir das scheinbar Unmögliche neu probieren, das scheinbar Hoffnungslose mit neuer Begierde, mit neuem Eifer betreiben können. Und bei dem alten, scheinbar wirklich so hoffnungslosen Spiel gibt es für den Denkenden immer den einen Trost, daß alles Zeitliche überwindbar ist, daß

Zeit eine Illusion ist, daß alle Zustände, alle Ideale, alle Epochen des Lebens nicht nach dem Schulschema hintereinander verlaufen und kausal aneinandergebunden sind, sondern außerdem auch eine ewige, außerzeitliche Existenz haben, daß also das Reich Gottes oder jedes andere scheinbar in selige Zeitfernen projizierte Menschenideal in jedem Augenblick Erlebnis und Wirklichkeit werden kann.

Aus der Rezension »Gedanken über Lektüre«, Februar 1926

*

Die deutsche Sprache mit ihren großen Schöpfungen vom Nibelungenlied über Luther und Goethe bis heute, diese reiche, elastische und kraftvolle Sprache mit ihren vielen Spielen, Launen und Unregelmäßigkeiten, mit ihrer hohen Musikalität, ihrer Beseeltheit, ihrem Humor ist der größte Schatz, der treueste Kamerad und Trost meines Lebens gewesen, und wenn Dichtungen und Dichter dieser Sprache gerühmt und gefeiert werden, dann gebührt ihr der Hauptanteil daran. Wir Dichter gehören zwar mit zu den Arbeitern am Bau und an der Differenzierung der Sprache, aber was auch die größten Dichter ihr geben und hinzufügen können, ist unendlich wenig, ist nichts im Vergleich zu dem, was die Sprache uns gibt und bedeutet.

Aus »Grußwort zu einer Hesse-Feier in Pretoria«, 1961

*

Wer Bücher liest, wie man Freunde anhört, dem werden sie sich erschließen und zu eigen werden. Was er liest, wird nicht verfließen und verloren sein, sondern bei ihm bleiben und ihm angehören und ihn freuen und trösten, wie es nur Freunde können.

Aus »Bücherlesen und Bücherbesitzen«, 1908

*

Es ist mit dem Lesen wie mit jedem anderen Genuß: er wird desto tiefer und nachhaltiger, je inniger und liebevoller wir uns ihm hingeben.

Aus »Der Umgang mit Büchern«, 1903

*

Lesen ohne Liebe, Wissen ohne Erfurcht, Bildung ohne Herz ist eine der schlimmsten Sünden gegen den Geist.

Aus »Eine Bibliothek der Weltliteratur«, 1927

*

Ich vertraue darauf, daß es auch sehr viele [Leser] gebe, die aus unsern Dichtungen so viel aufnehmen, als ihre Natur erlaubt, die einen Autor wie mich als Anwalt des Individuums, der Seele, des Gewissens gelten lassen, ohne sich ihm wie einem Katechismus, einer Orthodoxie, einem Marschbefehl unterzuordnen und ohne die hohen Werte der Gemeinschaft und Einordnung über Bord zu werfen. Denn diese Leser spüren, daß es mir weder um Zerstörung der Ordnungen und Bindungen zu tun ist, ohne die ein menschliches Zusammenleben unmöglich wäre, noch um die Vergottung des Einzelnen, sondern um ein Leben, in dem Liebe, Schönheit und Ordnung herrschen, um ein Zusammenleben, in dem der Mensch nicht zum Herdenvieh wird, sondern die Würde, die Schönheit und die Tragik seiner Einmaligkeit behalten darf.

Aus einem Brief vom März 1954 an eine Studentin

*

Alles Geschriebene erlischt in kurzer oder langer Zeit, in Jahrtausenden oder Minuten. Alle Schriften und aller Schriften Erlöschen liest der Weltgeist und lacht. Für uns ist es gut, einige von ihnen gelesen zu haben und ihren Sinn zu ahnen. Der Sinn, der sich aller Schrift entzieht und ihr heimlich dennoch innewohnt, ist immer derselbe.

Aus »Schreiben und Schriften«, 1961